江と富美

千葉紫寿

東京図書出版

敬愛する二人の女性に奉げる

江と富美◎目次

第1章　江子の子供時代

赤いオートバイ

バババ、バアバアアーン！　爆音が響いた。この秋で三歳になる江子が庭先でチャボを追いかけていた時だった。今までに聞いたことのない音に驚き、土間に逃げて隠れた戸袋からそっと覗いてみた。そこには、真っ赤なオートバイが砂ぼこりを立てて止まっていた。

昭和五年の夏の終わりであった。当時は、田起こしで鋤を引くにも、稲わらや俵を運搬するにも牛馬を使っていた。自転車のある家庭も村に数軒であった。そんなところに突如として現れたオートバイに驚くのも当然である。面長のひょろりと痩せた男がいた。

「御免。延さんはおりますか」

「延は学校に行っとります。どちらさんですか」

「では、また参ります。奥野の亮吉です。よろしく伝えてください」

井戸端から顔を出したタキにこう言って、その男は立ち去った。納屋にいた宗一郎は、その様子をじっと見ていた。

座敷に御膳台を並べ、宗一郎の年老いた両親と妻のタキ、弟と妹、そして子供たちの総勢十四人がつましい夕食を取っていた。高等小学校に通っている娘のツルが痺れを切らして足を崩したのを、宗一郎は見逃さなかった。鋭い眼光を向けるとツルは、座り直し、姿勢を整えた。宗一郎が箸を置き一呼吸したところで、タキはいつものように挨拶をした。

「御馳走さまでした。今日もありがとうござした」

「御馳走さまでした」

六人の子供たちは、タキの声に続けて唱和した。江子の姉達は母親と一緒に御膳を台所へ運んだ。宗一郎はおもむろに話しかけた。

「延、お前は見合いした相手をどう思ってる」

「はい、中学校の卒業を待たずに獣医学校に進学した優秀な方です」

「ならば嫁にいくか。いつまでもこの家にいられるわけでもないしな」

こう話しながらも、宗一郎は、親子ほどの年齢差がある妹の行く末に不安を感じていた。房総の片田舎の長柄郡で暮らす百姓の生活は苦しく、やむなく暮らしを支えるために始めた豆腐屋が、やっと軌道に乗り始めたところだった。しかし、子供を抱えたこれからのことを考えると、大勢の家族を養っていく大変さは覚悟のうえであるが、やはり辛いものがあった。だが、何よりも、女子師範学校を卒業した妹が、なまじ学問があるばかりに婚期を逃してしまうようなことがあってはならない、という思いが重くのしかかっていた。延が見合いをした数日後に、暗闇に紛れて数人の男たちが家の様子を窺っている姿を目にした。そして、今日は派手なオートバイにまたがって見合い相手がやってきた。あの人物で大丈夫だろうか。心配がある一方で、妹が傷物になる前に嫁いでもらわなければ困るという正直な気持ちもある。

「延がそう言うなら、この縁談はすすめよう。いいな」

宗一郎が念を押すと、延は小さく頷いた。家督を相続した長男は、妹の縁談を進めていくことを両親に報告した。

百姓とはいえ、漢学の素養がある家に生まれた宗一郎は、幼いころから書物が好きだった。農作業が早く終わった夏場の夕刻には、薄暮で文字が見えなくなるまで漢書を繰り返し読んでいた。縄をないながら、傍らに置いた論語に目を通すことがよくあった。明治になり小学校が出来たとき、子供たちに漢学を教えていた宗一郎の父が学問のためにと田を一枚寄進した。時代のめまぐるしい変換のなかで学校に行けなかった宗一郎にとって、父のこの逸話が誇りであった。あのように学のある人なら、延も大丈夫だろう。自分の心配も取り越し苦労にすぎないと、言い聞かせたのだった。

江子が生まれたのは、昭和二年九月。中秋の満月の晩だった。母親のタキは何かあるたびに、こう話していた。

「お前は満月の晩に生まれたんじゃ。明るい晩だった。『明るい』は、『日』と『月』と書くんじゃから、どんな時でも、明るいぞ。晴れだぞ」

江子には、兄二人、姉三人、そして後に弟が生まれ、七人兄弟として育った。父宗一郎の弟や妹も同居する大家族であった。当時なら当たり前だが、宗一郎の両親もいたのだから、タキの忙しさは尋常ではなかった。とはいっても、子供たちに囲まれた生活と、豆腐を求めてくる近所のお客との他愛もない世間話も楽しい暮らしを送っていた。延の縁談がまとまる頃と相前後して、鴨川にいるテルには、養子縁組の話が出ていた。延の姉であるテルも女子師範学校を卒業し、教職についていた。学校を出た後、奉職した鴨川の小学校には、初老の女が用務員として働いていた。詳しい事情を語りたがらないが、その人の夫は出征し、戦死したとテルは聞いた。そこそこの資産家であったようだが、婚家の親が亡くなったあとは残された資産を切り売りしながらしのいでいた。広い屋敷とはいえないが、手入れした庭と多少の田畑もある。用務員として働きながら、つましく暮らしてきたが、この家を絶やしてはいけないという考えが、常々頭の片隅にあり、歳を重ねるごとに、寂しさが増してくると、このまま子がないまま死に絶えて良いのだろうかと、そんなふうに考え始めるようになっていた。丁度その頃に、師範学校を出たばかりのテルが赴任してきた。兄弟も多く、いずれ嫁に行かなければならない身の上らしいことを知って、テルに養女となって欲しいと伝えた。宗一郎は、妹達の行き先が決まり、肩の荷が下りていくのを感じていた。

江子が真っ赤なオートバイを見た翌年の昭和六年、満州の柳条湖にて南満州鉄道の線路が爆破された事件が起こっている。満州事変である。昭和七年にリットン調査団の報告があり、翌昭和八年に国際連盟で満州国承認が否決され、日本は国際連盟を脱退している。明治の開国以来、連戦連勝の日本は勢いに乗っていた。経済力も軍事力も微々たるものにすぎなかったが、日露戦争では、アジア人が初めてヨーロッパの白人の国を破ったと、欧州諸国を驚愕させた。司馬遼太郎の表現を借りれば薄氷を踏むような奇跡的な勝利であったにもかかわらず、実態を冷静に伝える報道機関は全く無く、日露戦争後の明治の終わりから大正へと移るころ、日本は列強入りしたと国中が沸いたのだった。

昭和四年の世界恐慌以降、経済は停滞し、さらに昭和九年の大凶作へと、暮らしぶりは厳しさを増す時代へと向かっていくが、これから訪れる時代の残酷さを予想している者は、まだいなかった。都合の良い情報だけが知らされる国民は、大東亜共栄圏を構築するという軍部の野望を、素晴らしきことと思い、疑うことはなかった。歴史の流れの大変換であるがゆえに、振り返ってみれば、大き過ぎるがゆえにその曲がり角に気づくことなく進んでしまったのである。江子と、江子の一歳年下の従妹の富美は、そんな昭和の時代と共に生まれ、人生を歩んでいく。

子供の頃

「おはようございます。豊さんはいますか」

「おー。今行くから。ほれ、お江、準備できたか。一緒にいくぞ」

毎朝、江子の家には、兄の友達がやってくる。豊と同級生の誠は、近所の子供たちと一緒に江子の家に寄ってから小学校に行く。袷の着物を着ている子供が多いなか、江子はセーラー服を着ていた。山武で暮らす江子の叔母は、洋裁が得意であった。江子を特に可愛がり、セーラー服を作ってあげたのだった。えんじ色のスカーフを結んで、スカートをふわりと翻して走る姿は、小学生の一団のなかで目立つ存在だった。鏡の前でスカーフを結ぶ時、江子はふと従妹の富美を思い出すことがある。あの富美ちゃんも、こんな風にスカーフを結んで学校に行ってるのかな、と考えるだけで、何故か嬉しくなった。

「ねえ、明夫ちゃん、聞いてよ。弟の輝男がね、……」

誠の弟である明夫は、江子と同級生である。明夫に昨日の出来事を話し始めた。江子は、六つ離れた弟の輝男が可愛くてたまらない。何をするにも、「姉ちゃん、姉ちゃん」と追いかけてくる。江子が学校から帰って来ると、いつも日が暮れるまで外で一緒に遊んでいる。昨日も家の裏にある土手を登り、坂を下ったところにある畦道で遊んだ。蓮の実を取り、甘みのある茅の白く柔らかい穂先をさがした。

「もう帰ろうって言ったのに、輝男はずっと発動機の音ばかり聞いてたんだよ。ポンポンポンポンって音がするのをずーっと聞いてて、『帰るよー』って大きな声で言ったのに、聞こえてなかったんだ。あたいの後にくっついて来る、と思ったのに、いなかったんだよ。それで、みんなで捜しに行ったんだ」

精米機や脱穀機が動くと、輝男は飽きずにその様子に見いっている子であった。動く工作機械があれば、手を煩わすことなど全くない子供だから、どこからか聞こえてくる発動機の音が気になり、他のことは何一つ耳に入ってこなかったのである。ひたすらポンポンという音を追い続け、普段ならぴったり江子の後を追うのだが、この日は音のする方へと一人で歩いて行ってしまった。帰ろうよと、江子が大きな声で言っても輝男の耳には全く入らず、弟はついてくると思っている江子が、歩みを止めて振り返った時、姿が見えなくなってしまっていたのだった。家族総動員で弟捜しをしたこと、お姉さんだからしっかり面倒をみるようにと叱られたことを、大げさな身振りを交えて江子は話した。明夫は仲の良い兄弟姉妹の江子の家族をうらやましく思うのだった。

江子が学校から戻ってくると、手紙を読んでいた宗一郎は上機嫌で声を掛けた。

「おい、来週大阪から弥三郎一家が来るぞ」

弥三郎は宗一郎の弟で、大阪府立の師範学校の教授である。

「お江、一緒に遊んでやれ。富美は、お前と一つ違いじゃ。弟たちも来るぞ。川に行って、一緒にドジョウでも取って来い」

汽車を乗り継いでやってきた大阪の従妹は、しゃれた洋服を着ていた。八歳になる富美の髪には、スカートと揃いの布のリボンがある。そうやなあ、とゆっくりとした柔らかい口調で話をする。一方、弟の宏はやんちゃそのものである。

「お江、鶏を一羽捕まえておくれ。今夜の汁にするから」

タキに言われた江子は、難なく地鶏を捕まえて土間に持って行った。タキが出刃包丁をあてると、その首から血が滴った。宏は、一瞬で鶏を捕まえた江子に驚いた。二十羽ほどいるチャボと地鶏の世話は、江子の仕事である。朝晩餌をやり、卵をとっては、台所に届ける。時には、鶏料理で客人をもてなすこともある。そんな時は、鶏の扱いに慣れている江子がいつも捕まえていた。

「ねえ、お江姉ちゃん、どうやって捕まえるんね。教えて」

「簡単だよ。そうっと話しかけながら近寄って、エイってつかめばいいだけだよ」

「ほな、やってみるわ。コーコッコ。そこにおるんやで。コーコッコ」

恐る恐る近づく宏のしぐさを感じ取り、鶏は伸ばした手の甲をつついた。

「いたーい。このあほ野郎」

大きな声に驚いた鶏は羽ばたきながら走り出した。待てーと、宏も砂埃をたてながら走り回った。


江子が高等小学校を卒業する前年の昭和十六年十二月八日に、真珠湾攻撃があり、日本は後戻りできない歴史の選択をすることになる。世の中に不穏な空気が満ち、陸軍の鼓舞と反比例するように、国民生活の窮乏が激しくなっていくのだが、江子は小さな幸せに満ちた平凡な子供時代を過ごしていた。

押日の兄嫁

江子は、七人兄弟姉妹の下から二番目で、江子と長兄の一雄は、十六歳離れている。長兄が嫁をもらったとき、江子は十歳だった。兄夫婦は、すぐに子宝に恵まれた。兄嫁はつわりもなく、子供が生まれる前日まで、田仕事をしていた。初産は陣痛が始まってから子供が出てくるまで、通常十時間から十二時間くらいかかると言われているが、陣痛開始から六時間余りで、産声が聞こえた。勝手のかまどで、産湯用の湯を沸かしていた江子の耳に、こんなに楽な初産は滅多にないと、産婆と母親が話す言葉が聞こえてきた。

兄嫁は、女学校時代に篭球をやっていた。すらりと背が高く、運動好きの快活な女だった。産後の肥立ちもよく、何も問題はなかったが、子供が生まれてから、一つだけ不満があった。それは、乳を与えるために子供のそばにいなければならないことだった。出産後間もない頃は、多少なりとも慣れない赤子の世話や体をいたわって大人しくしていたが、二カ月も経たないうちに外へ出掛けたくなっていた。三、四カ月すると、子供の首が座り、おんぶすることができるようになった。五カ月になろうとしていた丁度そのときに、兄嫁の生家から、祭りのときに赤子の顔見せを兼ねて遊びに来るようにと、誘いがあった。生家の近所に暮らしている幼馴染とも会えると思い嬉しくなった兄嫁は、両親に孫の顔を見せに行くと言って、子供をおぶって出掛けていった。乳を飲ませることを考えれば、母親が子供を連れていくのは理にかなっているが、タキは心配だった。まだ連れて歩くには小さいから無理をせず、一人で生家に戻り、挨拶だけしてすぐに戻ってきてはどうかと話した。半日くらいなら、白湯を飲ませておけば大丈夫だから赤ん坊をおいていってはどうかと言ってみたものの、嫁はそんなことは出来ん、欲しがるときに乳をあげたいし、親達が会いたがっているのだからと応えた。子供を姑のタキに預ければ、すぐに戻ってこなければならない。しかし、子供と一緒なら、生家でゆっくり出来る。祭りの日、朝飯を早々に切り上げて出掛けたまま、兄嫁はなかなか戻ってこなかった。帰りを待ちわびているうちに辺りは暗くなり、雨が降りだした。夕飯の片づけをしているときに兄嫁は帰ってきた。

「只今。途中で雨にあって大変でしたよ」

タキは驚いた。嫁と背中の子供がずぶ濡れであった。早く、体を拭いて温めてやらなくてはと、タキは急いだ。案の定、子供はその晩に高熱を出した。兄嫁とタキ、そして江子が替わり番に寝ずの看病をした。冷たい井戸水を汲んで小さな額を冷やした。豆腐屋をやっていたので、氷室にある貴重な氷も使うことも出来た。しかし、自分で乳を吸う力がないのは、どうしようもなかった。搾った乳や白湯を匙で口元に持っていくのだが、襟元に置いた手ぬぐいがそれを吸い取っていくだけであった。僅かに出る小水は、入れたばかりの煎茶のように濃く熱かった。三日も経つとやつれていく様子が痛々しかった。祭りから五日経った明け方、子供は苦しみから解放された。江子にとって、生と死を目の当たりにした初めての体験であった。

大阪にて　六甲連山河川決壊の夜

その夜、延々と雨が降り続いていた。昭和十三年七月、関西地方を豪雨が襲った。連日の雨で、六甲連山の河川決壊のニュースがラジオから流れていた。三日間続いた雨は、七百名を超える死者をだし、一万戸を超える家屋が、流失、埋没、倒壊、半倒壊となった。浸水に至っては、約八万戸となる記録的災害となった。梅雨明け時の線状降水帯が居座り、明治以降人口が集中した六甲山山麓の住宅地で甚大な被害が発生した。大阪でも、淀川の水位が上がり、低い土地や過去に地すべりを起こした地域の人たちは、安全な場所へ避難するようにと、朝には町会ごとに連絡が入っていた。弥三郎は目をつぶり、時々雨音で消されるニュースに耳を傾けながら考えていた。

弥三郎は、これからのことを、静かに問いかけていた。長柄郡押日村という千葉の小さな村に生まれ、農地を相続できない子供達は、跡取りがいない家に養子で入るか、奉公に出る、という選択肢しかなかったこと。お金がなくても勉強できると聞いて受験した千葉師範学校は不合格。東京で丁稚奉公していると、書を読む弥三郎に中学校に通っていいぞと、声を掛けてくれたご主人。番頭も、お前は朝と学校から帰ってからの仕事でよいと言ってくれた。あんなにお世話になったご主人と番頭さんに、中学を出ると「もっと勉強をしたい」と言って、店を離れてしまった。小さな百姓家の倅が、中学に行くなどとても考えられないことなのに、お礼奉公をするどころかさっさとやめてしまった。学費と生活費を稼ぐため、横浜税関で働きながら夜学の師範学校に通った日々。外国船で運ばれてくる積み荷を確認し、先輩たちに教わりながら、見よう見まねで覚えた英語で、船員たちの国籍、身元、滞在予定を聞いて書類を作成していた。そして、学校を出るときには、恩師が紹介してくれた宮城県の女学校に赴任。そこにいた共立職業専門学校を卒業した若き女性教員との出会い。洋裁と手芸を教えるその女教師は、放課後にはラケットを握り庭球を楽しんでいた。眩しすぎる姿は、自分には不釣り合いな高嶺の花の存在だと思った。大勢の使用人を抱え、マスカットやメロンという、とても珍しい高価な甘く美味しい葡萄や瓜などを作っている豪農の娘だと知った。結婚など断られても当然だと覚悟して挨拶に行った。仙台にある東北帝大に行きたいと話した時、何とかなりますよと言って、裁縫の内職をしながら大学生活を支えてくれる伴侶となった。西洋史を学び、文学士となり、三十五歳でやっと定職に就いた。宮城の女子師範学校から大阪府立師範学校へと赴任し、こうして大阪暮らしをしている。

帝大時代の恩師から、京都の学校に校長として赴任するようにと話があった。京の都ですから、やはり帝大出の方でないと校長は務まりませんので、と言われた。正直なところ、弥三郎は、自分が受けて良いのだろうかと、不安もあった。大阪にやってきて、質素ながらも親子五人を自分の稼ぎで養っていけるようになった。軌道に乗った平穏な幸せな毎日と、自分の人生の展開に働く不思議な出会いと幸運に感謝していた。回り道をしながらも、ここにたどり着けただけでも、身に余る光栄。さらに校長として赴任するように懇願されている。「しばし考える時間を」と言ったものの、明日には回答しなくてはならない。

この年、昭和十三年二月には、東京帝国大学の大内兵衛、社大党の江田三郎、憲法学者の美濃部達吉らが不敬罪で検挙されていた。昭和十一年の二・二六事件以来、世の中が窮屈になっていくと弥三郎は感じていた。二・二六事件とは、天皇機関説を肯定する軍の幹部が襲撃された事件で、陸軍青年将校によるクーデターである。この一件を受けて岡田内閣は総辞職となり、後継の廣田内閣は思想犯保護観察法を成立させることとなった。後に『置かれた場所で咲きなさい』という著書のある渡辺和子は、教育総監として軍部の中枢にいた父錠太郎が、この時自宅で銃弾によって射殺されるのを、僅か九歳で目撃したのだった。留学後、若くしてノートルダム清心女子大学の学長となった人物であるが、晩年この事件を回想した言葉を残している。

美濃部達吉の「天皇機関説」のどこが悪いのだろうかと、弥三郎は考えていた。東京帝大をでたあと、ドイツ・フランス・英国に留学し、欧米の列強の国々の法と社会を学び、英国の立憲主義をもとに発表した学説に対して、批判する立場をとる人がいたものの、大正期には美濃部の学説が、学者の間でも社会的にも、理解され支持されていた。少なくとも、弥三郎が学んでいたあの頃の東北帝大では、自由に議論することが出来た。なのに、何故ここにきてと、弥三郎にやり場のない怒りが湧き上がる。物言えば唇寒しの昨今では、同僚との会話にも言質を取られないように気を遣う。学生を前にした講義ではなおさらである。言論が縛られ、統制されていく。ここでは思うように学問が出来ないが、京都なら学問ができるのではないかと。京都帝大には伝統を重んじながらも、自由闊達な意見を述べ合って議論する土壌がある。京都なら、きっと気兼ねなく学問の世界に没頭出来るだろう。弥三郎は校長職を受けることにした。

「ねえ、いつ雨止むの。もう嫌だよ」と、外遊びが好きな宏が駄々をこねている。京都なら、この子達にも良い教育を受けさせてあげられるだろうと、弥三郎は願った。

巷では横綱双葉山の連勝記録に躍るなか、翌昭和十四年一月には近衛内閣総辞職、東大総長平賀氏をはじめ、河合栄治郎、土方成美両教授の処分、五月には大陸で日本軍とソ連・外蒙軍がノモンハンで武力衝突となった。国民生活においても、飲食店の開店時間の制限、質素倹約をすすめる生活刷新案、国民徴用令の公布、兵士確保のための「結婚十訓」、白米禁止令、木炭の配給制と、不自由を強いられるようになっていくのであった。

夫婦　憂鬱

延はやりきれない思いで毎日を過ごしていた。飛び級をして獣医学校に進学した優秀な獣医師と、幸せな家庭生活が始まるはずであった。次男坊だから親から相続したといえるものは、茶釜が一つ。それは、最初からわかっていたことだし、延自身が学校で働き収入があるから生活のめどは立つ。しかし、腑に落ちないことは、夫である亮吉の暮らしぶりだった。ほんの数人しかいない専門職として働く身分なのだから、それなりのお給金を貰っているはずなのに、家には一銭も入れたことがない。嫁いで半年ほどたったころの出来事は、忘れようにも忘れられない。帰宅したら、亮吉を囲んだ数人の男たちがいた。たくし上げた袖口からは、龍の絵をのぞかせている者もいた。

「おー、延、帰って来たか。丁度いいところだ。何もなくなったから、お前の給料を賭けたところだ。給料袋をそのまま出してくれ」

一事が万事、すべてこの調子で月日が流れていくばかり。亮吉は、時折、不逞の輩と思しき男たちを連れて、よからぬ遊びをしているらしい。でも、貴族やお金持ちの旦那さんの戯れはよくあること。それと同じなのだから、事細かにとやかく言うようじゃ、妻として務まらない。私はそんなに度量の小さな下世話な女と同じようなことで騒いだりしない。

延はこう考えて、良き妻を振る舞って過ごしていた。

しかし、結婚して十年近く経つのに未だに子宝に恵まれない。さすがの延も、これだけはどうしようもできなかった。苦学した兄の弥三郎は、遅ればせながら良人と巡り会い、三人の子供がいる。相前後して結婚した姉のテルにも、昨年ようやく娘が誕生した。祝い事の知らせが続いている。生家に帰った時に、延のところはどうなんだと、うっかり口に出してはいけないと、皆が気を遣っているのが、息苦しい。それだけではない。師範学校時代に一緒に寮生活を送ったカシが、偶然にも同じ鶴舞に嫁ぎ、同じ小学校で働くことになって八年になる。カシの連れは、夫亮吉の幼馴染。子供の頃は、互いの家に泊まりに行って遊んだという仲だったそうだ。そんな間柄だから、カシから舅夫婦の愚痴を聞くことも多かった。「そうかい。そうかい」と、相槌を打ちながら話を聞いていたのだが、カシの長男の担任となってから、心中が穏やかではなくなった。愛らしさと聡明さを持つその姿を毎日見ていると、子を持たぬ自分自身が情けなくなってくるのだった。

毎週のように甲種合格した教え子の出征を見送っている。産めよ、増やせよ、という「結婚十訓」がのし掛かってくる。延は自分の存在意義を否定されているようで、気持ちが沈み込んでばかりいる。もし、亮吉が外の女との間で子供が出来たら、籍を入れて私の子供として育てあげて見せましょう。私が育てれば、優秀な子になるはず。婚家を絶やさぬように、妻としての務めを果たしましょう。模範となる立ち居振る舞いを思い描き、気持ちを奮い立たせるのが精いっぱいの出来ることだった。

一方で、亮吉も悩んでいた。獣医師として軍用馬や家畜の繁殖を学んできただけに、自分の不甲斐なさをどこにもぶつけることが出来なかった。連勝を重ねた競走馬が、種馬になった途端、その役割を果たすことが出来ず、処分されていくのを目の当たりにしている。俺も役立たずの馬か……自暴自棄になって遊んではみるが、心は晴れないどころか、駄馬の烙印が押されていく虚しさだけが増していくのだった。百姓の親父から「先生、しっかり種付けお願いします」と言われるだけで、怒りが込み上げてくる。どう応じたらよいのかわからず、必死に怒りを抑えるが、その反動から、あおる酒の量もふえる。生来の賭け事好きに拍車がかかる。「教師は聖職」と仕事に励み、不逞の遊びをする夫にも愚痴をこぼさずに暮らす完璧すぎる妻には、なおさらこの悩みは話せない。憐れんでもらうよりは、好き勝手をして、いっそのことと、さらに自暴自棄になっていく亮吉。誰にも相談できない、理解してもらえない悩みに苦しみ、孤独を抱えていた。

第2章　富美の家族

京都　弥三郎の歴史観

昭和十四年四月、弥三郎は京都に赴いた。京都府立第一高等学校での新しい生活が始まった。校長自ら、教壇にも立った。何よりも学問が好きな弥三郎は、学生を前に講義できることが嬉しかった。配給制で食糧が限られてきてはいたが、やりくり上手な妻が助けてくれた。時には妻の実家から、長屋門の人たちが米や野菜を届けてくれた。向こうもこのご時世だから、決して余裕があるわけではない。それがわかるだけに有難かった。

弥三郎の専門はギリシア哲学。目を閉じると、行ったこともないのに真っ青なエーゲ海が見える。探究心の強い弥三郎は、古代ギリシア史に強く惹かれた。ドイツ人の貿易商シュリーマンは、その財産を子供の頃の夢の実現に費やしてトロイアの発掘をした。そして、あのミケーネ文明の遺跡が姿を現した。英国人のエヴァンスは、クノッソス宮殿を発掘した。十九世紀末から二十世紀初頭にかけて、ギリシア文明の謎が次々と解明されていった。無意識のうちにも、そういうことに影響を受けていたのだろうか。あるいは、横浜税関で働いていた時に、異国船から漂う文化の香りに魅了されたのだろうか。学ぶうちに、都市国家ポリスの社会構成が、さらに弥三郎の探求心を刺激した。アテネのポリスでは、中小農民の発言権が強くなり、階級社会から民主制ポリスへと変換していく。そこには、自由闊達な意見が飛び交い、時代を経てもなお色あせることの無い、真理を求めようと思索を深める人々の姿がある。プラトンのアカメディアの様子も手に取るようにわかる。しかし、そのような哲学に重きを置くと、危険思想と取られてしまう世の中になってしまっていた。だから、歴史も科学的視点から裏付けできる事実に基づいたギリシア史を教えることと、胆に銘じて弥三郎は講義していた。

もし、日本史を教える身なら、弥三郎はどうなっていたのだろう。「神代の国」をまことしやかに教授しなければならないのか。すべてを皇国史観と結び付け、崇めなければならない。どうして科学的根拠もなく、実証されていないことを教えられようか。まともな学者であれば、日本書紀には、神話と歴史の記録が入り交じっていることは、言わずもがなの事実。神話として紹介するならいざ知らず、イザナキとイザナミが矛を使ってかき混ぜて垂れ落ちて日本列島が出来たなど、歴史上の事実として確証の無いことを教えるなど、とんでもない。西洋史でも、近代史を扱っていたら、特高に目の敵にされてしまう。民主主義ということばは、禁句である。王権を倒して民主国家の成立などをうっかり言ってしまったら、国賊とされてしまう。そんな世の中であったから、弥三郎が西洋史を、とりわけ古代ギリシアを研究対象としたことは、はからずも賢明な選択であった。

ある晩、弥三郎は子供たちを前に話をした。

「いいか、これから話すことは絶対口外してはならぬ」

こう切り出して、静かに話し始めた。

「日本人は、神の流れを汲む特別な民族などというのは、嘘だ。日本列島は、神様が作ったんじゃない。地球の表面の下に、プレートがある。この岩盤は、ゆっくりゆっくり動くんだ。アジア大陸のプレート、北アメリカのプレート、太平洋のプレートが日本のところで、交錯しているんだ。そのぶつかりあうところで、大陸から切り離された部分が、島になった。日本列島はこうして出来上がった。日本民族とは、アジア大陸から東へ進んだ人たちで、北方経由で入ってきた民族と、東シナ海経由で入ってきた民族が融合したもの。大和民族というが、そもそもアジアの東の果てにやってきたいろいろな人達の集まりなんだ。そして、これは本当に口が裂けても言ってはならないぞ。逓信省で通信事務の仕事をしている先輩からの話だが、アメリカからの要望に対する回答が、日本のお粗末な通信機器のために遅れてしまったそうだ。もしかしたら、この開戦は避けることが出来たかもしれない。しかし、歴史に『もしも』は、無い。これが事実なのかどうか、お前たちはしっかりとこれからの世の中を見てもらいたい。事実とは何か、自分の目で確かめるんだぞ。他人の言うことをうのみにするのではないぞ。最後に、兄弟仲良く、年長者を敬い、人生の徳を重ねるように生きていきなさい」

幼い弟たちは、目をこすり、何度かあくびが出た。しかし、富美は父の言葉を一言一句忘れまいと、心に誓って耳を傾けていた。

学校にも将校が配置されるようになった。皇国史を少しでも批判することは、批判でなく個人の歴史解釈として考えを率直に述べることも、取締まりの対象となった。戦時中に西洋史を教えている者は、敵国の文化を讃える不届き者として目をつけられていた。軍部の圧力に抗うことが困難な時代に国策に沿って日本史を教えていたものは、戦後、戦犯として公職追放となるのだが、数年後に価値観が百八十度転換する時代になることを知るものは、まだいなかった。俯瞰的視点を持って語る内容の妥当性は、後に証明されるのだが、弥三郎はこの狂気の時代の渦中で子供たちに淡々と事実を語っていた。無意識のうちにも、残された時間が短いことを知っていたのだろうか。

京都生活にも慣れてきた頃、軽い咳が出ることがあった。が、気のせいだろうと、弥三郎はあまり気に留めなかった。配給制が始まり、食糧事情の悪さから、多少体力が落ちるのは仕方のないことと思った。

配給制度は、昭和十三年の綿糸の消費規制から始まり、昭和十四年には電力、昭和十五年に砂糖・マッチの切符制、そして米穀配給制は昭和十六年に始まっている。食糧をある程度自給できる農村部と異なり、都市部で暮らすものにとっては食糧・日用品から生産資材まで配給だけで賄うのは至難の業であった。

鴨川へ

弥三郎のもとへ鴨川で暮らす妹のテルから小包が届いた。海苔に鰯のみりん干し、そして夏みかん。京都は底冷えする冬景色であったが、箱の中には房州の春が詰まっていた。みかんだ、夏みかんだ、と子供たちは大声を上げた。鰯は本当に有難かった。体調がすぐれない弥三郎に滋養の高いものを食べさせてあげたいと思っても、肉や魚はなかなか手に入らなかったからである。

京都から届いた礼状を読んだテルは、不安を感じた。「体調がすぐれない」の一言に、もしかしたら、兄は不治の病、結核ではないかと。結核ならば、暖かいところで美味しいものを食べれば治ることもあるという。結核は昭和二十年代まで、日本の病死の原因の第一位で「国民病」と言われていた。食糧事情が乏しく、国民の多くが栄養失調であったことが、結核の回復を困難にしていたことの背景にある。都市部では、食べるものに事欠くようになってきていたが、真冬でも露地栽培で青菜が育ち、花卉栽培も盛んな南房総では、一年中新鮮な野菜が手に入る。漁師たちが雑魚と言って相手にしない魚なら、いくらでも分けてもらえる。この房州の地なら、弥三郎の病も良くなるのではないかと、テルは考えた。そして、療養のために鴨川へ来るようにとしたためた便りを送った。弥三郎は職を辞し、一家は鴨川へ引っ越すことにした。府立第二高等女学校に通っていた富美は、一人京都の地に残ることとなった。京都帝国大学で教鞭をとる弥三郎の友人宅で、富美の下宿生活が始まった。

汽車を乗り継ぐ引っ越しの旅は大変であった。少しでも、弥三郎の体の負担にならないようにと、妻は奮発して一等車両の座席を購入した。息子たちも、両親を気遣えるように成長していた。二人の子供は荷物を運んだ。十二歳になる宏は階段では健気に父親をおぶった。

テル夫婦の計らいで、弥三郎一家は小さな庭のある中古家屋を手に入れた。手元の退職金は残り少なくなったが、弥三郎の妻清乃は、小さなことなど気にしない楽天家であった。これからの暮らしを心配するよりも、転地療養で夫が回復するのではないかと、期待していた。結核で床に臥すようになってから、弥三郎が望郷の念を抱いていることも知っていた。何よりも結核を治すには、栄養のあるものを食べることが、一番の療養と言われていた時代である。実際、当時の医療事情では、それが最善の対処療法であった。

息子たちが小学校に通っている間に、看病の傍ら、弥三郎の妻は庭先を耕した。小松菜・人参・大根、次々と野菜を植え、育てた。裁縫が出来ることが知れると、時折お直しの仕事が入った。生活刷新案が出てから、「贅沢は敵だ」とおしゃれをすることが、はばかられている。それでも、ささやかの楽しみをしたいと願うものがいる。正絹を裏地にした作務衣を作ってほしいと持ってきた女がいた。聞いてみれば、母親の形見の着物だという。学校帰りに、子供たちは芹・ナズナ・三つ葉を摘んでくるようになった。テルが卵を届けてくれた時は、涙が出る程嬉しかった。しかし、ここ鴨川でも食糧事情は、徐々に悪くなっていった。テル夫婦の好意に、甘え過ぎてもいけない。宮城の生家では、家を継いだ長姉の夫が出征し、今までのように農場が回らなくなっていると便りがあった。子供たちが道すがら摘んでくる食べられる野草に麸入りの小麦でつないだ団子汁だけで食事を済ますこともあった。しかし、弥三郎にはそんな苦労は一言も告げず、病気を治すための膳を用意していた。

時折テルの家へ用達に行った帰り道、清乃はわざと遠回りすることがあった。丘に立ち、押し寄せる波をしばし見つめ、風に吹かれていた。頬に流れる涙をそのままに、只々、海を見ていた。弥三郎と夫婦になり、仙台に暮らしていた時に訪れた松島を思わせる景色がそこにあった。

京都の富美

京都府立第二高等女学校に通っている富美は、学徒動員で大阪伊丹にある軍需工場へ行くことになった。しかし、健康診断の際に肺に影が映ったと言われ、結核が疑われた。すぐに京都に戻されてしまったおかげで、鴨川へ引っ越すまでの数週間を父と過ごすことが出来た。学びは大切である、女学校をやめる必要はないと、父の弥三郎は考えていたし、富美自身も科学的探究心を良しとする第二高等女学校の校風の中で学ぶことに喜びを感じていた。弥三郎が富美を託した友人は、京都帝国大学の理学部教授。その縁で、富美は京都帝大付属燃料化学研究所に出入りするようになった。実験助手の仕事をして、僅かでもお給金が戴けるなら、療養生活をする家族に経済的な負担をかけずに済むかもしれないとも思った。

世の中は不穏な空気に包まれていた。満州事変から盧溝橋事件、そしてヨーロッパで第二次世界大戦がはじまるのと呼応して、日本は東南アジアに進出した。軍需の拡大のため国民の生活は圧迫されていた。日独伊三国同盟を結ぶ日本に対して、米国は石油の輸出規制という経済制裁に乗り出した。このような状況で太平洋を挟んで米国とも開戦することになってしまった。この戦争は、エネルギーをめぐる経済戦争でもあったという事実を忘れてはならない。燃料がなければ、船は航行できない。飛行機は飛ばない。エネルギー供給のため、当時の大学の研究所では、国産のエネルギーの開発が研究テーマであった。それ以外の研究は、考えられなかった。

「松根油」というものがある。松は油分を多く含んでいるために、よく燃える。「松明」とは、まさによく燃える松を利用したものである。また、かつて陶芸作品は、千三百度を超える高い燃焼温度を持つ松を使って焼かれていた。ドイツでは、松脂を燃料にしているという情報が日本に入ってきた。松脂を使えば、戦闘機を飛ばすことが出来るはずと軍部は考えた。伐採した古い松の木は、その切り株から大量の松脂がでる。京都帝大の研究所でも、松脂から戦闘機の燃料を開発しようと、真剣に取り組んでいた。富美は大学生に交じって松脂を精製し、利用可能な燃料にするための実験を繰り返していた。今になれば、馬鹿げたことと誰もが思うかもしれないが、その頃は、松脂はエネルギーになると信じて、全国の至る所で採集されていた。

好奇心旺盛な富美は、軍部が利用する燃料云々というよりも、不純物を取り除いて精製していく過程に興味を抱いた。正確なデータを得るために、諸条件を変えた実験結果のデータを収集し、比較し、考察するのが楽しかった。効率よく採算の取れる工程を思案して実験するのが面白かった。研究者や大学生と共に実験に参加している富美を、その仕事ぶりから一人前の科学者と扱ってくれる人たちとの触れ合いも嬉しかった。富美は、自然科学の分野で身を立てられるようになりたいと考えるようになっていった。

第3章　戦時中

裁縫学校・学徒動員

昭和十七年四月、高等小学校を卒業した江子は裁縫学校へ進学した。高等小学校を終えた女の子は、家業の手伝いか、女中奉公にでるものが多かった。女が身を立てるには裁縫の技を心得ておく必要があった。既製品の服があまり出回っていなかったこの頃、身に付ける衣料品は家庭にいる女たちが作るものだった。腕が良ければ、呉服店から高価な着物の仕立ての依頼が来ることもある。器用な江子は針仕事が好きであったから、花嫁修業を兼ねて裁縫学校へ行ってもいいのではないかと宗一郎が言ってくれた時、嬉しくてたまらなかった。

入学式を終えて、担任の先生の先導で校内を回った。

「ここは、作品の展示室。二年間のうちに作る作品を見てください。今、日本は大変な時です。でも、頑張って作りましょう」

まずは、下着の肌襦袢、裾除け、そして浴衣。単衣の縫製ができるようになったら、袷も作る。江戸小紋や付下げが衣紋掛けにかかっている。半纏、羽織り、道行コート。男物の着物も裁つ。卒業式に着用する袴も、自分で縫うという。

江子が入学する前年の暮れ、昭和十六年十二月八日に、日本は真珠湾攻撃を仕掛け、米国にたいして宣戦布告した。日米開戦を回避しようと軍部のなかで最後まで異を唱えたのは、海軍の山本五十六である。彼は、日独伊の三国同盟にも反対している。海軍は陸軍と違って、当時の国際情勢及び国力に対して、冷静な判断力を備えていた。だが、軍部にあっては少数意見として、葬られてしまった。皮肉なことに日米開戦に反対した山本五十六は、連合艦隊司令長官として、真珠湾攻撃、さらに、日本の敗戦の決定打となったミッドウェー海戦を指揮している。昭和十七年六月のこの海戦で、海軍は保持していた空母の四隻のうち三隻を失っている。

昭和十四年に白米禁止令がはじまり、生活物資が配給制になり、巷には「贅沢は敵だ」という看板が立っている時代である。江子達の学校では、作品を作る生地も手に入らなくなっていた。新しい生地を買い求めることが出来ないので、それぞれの家庭にある古い着物をほどいては、仕立て直していた。時折、戦闘機が頭上を通っていくが、江子は自分の手で次々と新しい着物が出来上がっていくことが楽しくて、いつも心弾ませて登校していた。半年が過ぎる頃、工場へ働きに行くことになった。学徒動員である。学徒勤労令は、昭和十九年に発令されるのだが、江子の住んでいた長生郡、今は茂原市であるが、その東郷地区には海軍の飛行場があった。そのため、次々と飛び立つ飛行機の整備や製造に、学徒勤労令が発令される前から、学生たちが動員されていた。成年男性は戦場へ赴き、恒常的に人手が不足していた。十代の乙女たちは、飛行機の図面など見たこともない。そもそも何故、飛行機は空中を移動できるのか、全く分からない娘たちが突然駆り出されたわけである。

最初、風船爆弾の作成工程に入り、火薬を取り分けて包む作業を行った。僅かな火の気や静電気でも爆発してしまう緊張感があった。和紙を蒟蒻糊で貼り合わせた風船爆弾は、小型の気球のようなものである。水素ガスを入れて飛ばし、敵のところで爆弾が炸裂すると説明を受けた。ベニヤ板を切り取り、戦闘機の尾翼を作る作業もやった。飛行機は、ベニヤ板で出来ているんだと、江子は感心してしまったが、このベニヤ飛行機で、本当にアメリカをやっつけられるんだろうかと、同時に疑問も抱いた。もちろん、そんなことを口にしたら、「非国民」となり、特高がやってくるので、一切口外しなかったが。

「兵隊さんたちは頑張っています。私たちが暮らせるのは、兵隊さんたちのおかげです」

大本営の発表が正しいのかどうか、判断する術を持たない人々は、純粋に信じていた。

日本という国がどこに向かっているのかわからないまま、巻き込まれ、進んでいった。

三月十日の夜

昭和十九年の暮れあたりから、米軍は本土の都市部への攻撃を始めた。主に軍事工場を狙っていたが、やがて市街地への爆撃投下へとなっていった。海軍の飛行場とその修理点検のための部品調達工場があった茂原は、攻撃を受けることが多かった。江子の姉たちは、いったん空襲警報が鳴ると、解除されてもその晩は防空壕の中で過ごすことが多かった。江子は狭く暗い中で、息を凝らしてじっとしていることに耐えられなかった。空襲警報が解除されると真っ先に家へ戻った。時には、警報が鳴っているさなかでも防空壕から抜け出すことさえあった。

「中にいても死ぬときは死ぬ。助かるときは助かる」

江子はこうつぶやき、空を仰ぎ、走って自宅に戻った。

江子は、はっきりと覚えている。終戦の昭和二十年三月、細やかながらも、ひな人形を出し、黒砂糖を使って寿司飯を作った。家族が多いと配給も多い。江子の家では、工夫すればそれなりに食事を用意し、たまには楽しみの食卓を囲むことが出来た。太平洋戦争が始まる前は、白砂糖が使えたし、海苔や卵など不自由なく手に入った。そもそも鶏を飼っていたのだから、当時贅沢であった卵が、時どき食卓に上ることがあっても不思議ではない。八寸四方ある銅製の卵焼き器を使って焼き上げた卵焼きで作る黄金色の太巻き寿司は、江子の大好物である。房総半島の郷土料理の巻き寿司は、その中に絵を描く。房総の海に押し寄せる波を思わせる四海巻、揚羽蝶、梅の花、蒲公英、松の木などを江子の家ではよく作っていた。この昭和二十年にも、贅沢は出来ないが、古漬けや油揚げなど、あるものを使って寿司を巻き、節句祝いをした。太巻き寿司の材料を事欠いてしまったのが、江子にとっては、少し残念であったが。

その節句から一週間ほどたった日の明け方、夥しい数の飛行機が上空をかすめていった。遠くから炸裂する爆音が届いた。途切れることなく、その爆音は鳴り響いていた。寝ていた家族は、皆起き出して空を見上げた。西の空が赤くなっていた。「今日はどこだろう」と、空を見た。

米軍による日本本土への空爆は昭和十七年四月にはじまった。昭和十九年十一月から東京への攻撃が激化した。都内にある航空機工場だけでなく市街地に向けた無差別攻撃を、米軍は展開していった。江子が家族とともに夜空を見上げた空襲は、一夜にしておよそ十万人が亡くなった東京大空襲である。昭和二十年三月十日、下町を目標地域とした空襲は、まず四隅に大型の焼夷弾を落とし、逃げ道を塞ぐ。消火活動も麻痺させたのちに、さらに小型の焼夷弾を降らせていった。千六百トンを超える焼夷弾の雨が、その夜東京の町に降った。太平洋側の地域では乾燥の著しい季節である。しかも記録によると、その晩は強風が吹いていたという。春一番が吹き荒れる季節である。東京への攻撃はその後も続き、四月、五月には、山の手地区の空襲、さらに蒲田地区から川崎へかけての空襲と、都心に何度も爆弾は落とされていった。それでも、まだ日本が勝つと人々は信じていた。

弥三郎の死　宏の特攻志願

昭和二十年、鴨川に越してから二年近く過ぎていた。十四歳になったばかりの宏は、すっかり軍国少年となっていた。毎日繰り返される軍事訓練に明け暮れる学校生活だった。「お国」を守るため、天皇陛下のため戦うのだと傾倒していった。全国至るところで配給制度が行われるようになったということは、町会や隣組組織が強固になっていったことでもある。互いを監視する組織のなかでは、うかつな発言もままならぬ。小学校は、「国民学校」となり、国家主義的な教育を行うようになっていた。小学校を卒業し、中学校へ進学すると同時に、お国のために働きたい、と志願した宏に、弥三郎は再考を促すことも出来なかった。正確に言えば、熱に浮かされたように特攻隊を志願する息子を説得するだけの体力と気力が残っていなかった。古代ギリシア史の専攻だったから、とくにお咎めもなく教壇に立つことができたが、ヨーロッパ近代史のデモクラシーを学んだ学友は当局から目をつけられ、大変な目にあっていた。家族を守るため、皇国史にも理解を示す発言をしたが、日本が愚かなことをしているという事実を息子に伝えられなかったのが悔やまれ、涙がこぼれた。鴨川を後にして、宏は長崎県川棚町に向かった。そこにある海軍の予科では、爆薬を積んだベニヤボートによる震洋隊の訓練が待っていた。

房総半島の先端の街、館山には海軍航空隊があった。昭和二十年に入ると、館山にあるこの基地を目指して米軍の戦闘機が飛んできては、その周辺に爆弾を落としていくのが、日常茶飯事となっていった。縁側に柔らかな日差しが注ぎこんでいたある日、葉桜を愛でながら、弥三郎は清乃の介助で昼食をとっていた。突然の爆撃音に、体を丸め耳をふさいだ清乃は、思わず弥三郎の体を覆った。数秒の出来事だったかもしれないが、数時間のようにも思えた。爆撃機が去り我に返った時、清乃の前には、微動だにしない弥三郎の姿があった。爆音と衝撃の振動に耐えられないほど体は弱っていた。昭和二十年四月、享年五十二歳であった。弥三郎の葬儀に参列したものは、妻の清乃と次男の徳二、弥三郎を鴨川に呼んだテル夫婦、鶴舞から駆けつけた延、そしてお経を上げる住職の六人のみであった。戦争末期の混乱し切迫した状況下で、富美は京都から駆け付けることが出来なかった。入隊したばかりの宏が帰省するなどもっての外であった。

長男であったため出撃が後回しにされた宏は、終戦となった八月の終わりに鴨川に戻ってきた。ほんの数カ月の間に、多くの友が消えていった。出撃の前夜に、家族に宛てて手紙を書く杉板屋根の小屋の隙間からこぼれるかすかな光が、宏の脳裏に刻まれていた。

第４章　それぞれの道

富美の進学

京都府立第二高女に通いながら、京都帝大の研究室に出入りしていた富美は、科学の勉強を続けたいと望んでいた。しかし、女性の高等教育や就業が稀であったこの頃、選択肢は限られていた。進学するならば、父弥三郎の自慢の妹たちが通ったように師範学校へ進学するか、母清乃のように女性のための職業専門学校へ進学するしかなかった。

師範学校は教員養成である。卒業後は教員として奉職することになる。好奇心と探求心から、学問として自然科学を学びたいという思いが強い富美は、高等師範学校で理科を専攻してみようと考えた。女学校の先生に相談すると、貴女なら女子医学校に行けますよと言われた。そう言われて級友を見渡せば、家業を継ぐ使命感から、女医になりたいと言って勉強しているものがいる。富美は、私も負けないくらい勉強しているから医者になれるかもしれないと思った。ヨーロッパ史を学びギリシア文明を専攻した父に、地理、歴史の分野ではかなわない。洋裁和裁を学び、女性の職業教育に携わった母と同じ道に進むのはつまらないという考えもあった。親達と違う医学の道を志すのは面白いかもと、心中に浮かんだ。

　京都では、父親の友人宅で間借りしながらの暮らしである。勉学に励む時間は十分にあった。富美にとって、勉強している時間は楽しいひと時である。問題を解いていくたびに、靄が晴れ、目の前に広い景色が現れる感覚がある。高等女学校の最終学年を迎えた四月に、父弥三郎は亡くなった。富美は何かに取り憑かれたように、さらに勉強に没頭していった。数式や化学式に触れているときは、自分だけの世界であった。翌春、富美は希望していた東京女子高等師範学校と女子医科専門学校の合格を手にした。戦争が終わったばかりで、誰もが明日食べる米を心配している時代であった。

　合格を誰よりも喜んだのは、富美の叔母のテルと延であった。一家の主が亡くなり、その闘病生活で全くお金がなかった家庭でどうして進学するのかと、訝し気に声を掛ける親族が多い中で、この二人は手放しで喜んだ。鴨川の学校で講師として裁縫を教えている清乃の収入はすずめの涙。海軍予科から戻った弟の宏は、中学校に復学したばかりである。下の弟徳二はまだ小学校に通っている。とても富美の医学校の授業料を払える状況ではなかった。父親のように自分で働きながら、学生生活を遣り繰りするようにと、清乃は話し、東京女子高等師範学校への進学を促した。

　京都の暮らしを引き揚げた富美は、父の闘病生活を送った房州鴨川でお世話になった人たちに、お礼と合格の報告をするために、千葉を訪れた。弥三郎の生家では、久しぶりにやってくる姪の訪問に宗一郎は相好を崩して喜んだ。あんたは自分の子供よりも兄弟の子供のほうが嬉しいのかいと、タキが憎まれ口を叩くほどだった。江子も一つ違いの富美に会えて嬉しかったが、富美の存在があまりにも輝いていて、眩しかった。当時の江子は、長男が亡くなった後に生まれた兄夫婦の子供達の面倒をみて、百姓仕事の手伝いをする毎日であった。富美ちゃんは女子医専に行って医者になるんだと思うと、江子は従妹が誇らしかった。と同時に、自分との違いを思うと我が身が情けなくなるのを感じた。昼食後、富美が進学のことを切り出すと宗一郎は顔を曇らせた。

「なあ、富美ちゃん。医学校は年数がかかるんだよ。早く仕事について母親を安心させてあげなさい。すまんけど、授業料の工面は、わしらも出来んから」

　宗一郎に言われなくても、富美はわかっていた。父方の生家は、つましい暮らしをしている。宮城の母方の親戚は裕福であったが、終戦後はこちらの台所事情も大変苦しい状況になっていた。長屋門の働き手の男たちが戦場に行き、そのほとんどが戻ってこなかった。さらに、農園の跡を継いだ伯母が結核だと、富美の母親のもとに便りが届いたばかりである。頼れるものがないことは承知していた。

「伯父様、心配しないでください。私は高等女子師範に進学します。師範学校には返済不要の奨学金があります。千葉の皆様には、父の最期を看ていただいただけでも、十分すぎることでございます」

富美が入学した東京女子高等師範学校は、戦後の学校制度の変換期に、お茶の水女子大学と名称が変わった。教職課程理科専攻であったが、卒業時には、理学部生物学科となった。女子教育を牽引する大学であり、富美の卒業時には、大学院設置を睨んで専攻科を開設した時でもあった。認可が下りていなかったので、富美は大学院卒業とならなかったが、大学院相当の教育を受けたということで、教員免許状は高等学校一級の資格、現在の専修免許状を取得することができた。東京大学の教授達も多く出入りし、日本で最高水準の教育を受ける学生生活を送った。茶の湯、華道、箏曲と、やりたいと思っていた習い事も、大学のサークル活動を通して体験できた。女学校の頃から縁のあった京都帝国大学の研究所にも、時折顔を出し、最先端の研究活動にも触れる学生生活であった。

江子や富美の若き頃、小学校の義務教育を終えた後に進学する若者がどれほどいたのであろうか。誰でも高校・大学へ進学できる時代ではなかった。六年課程の小学校に加えて、二年間の高等科があった。この高等科を卒業して働きに出るものが大半であった。経済的にゆとりがあり、学習意欲があれば、六年間の教育を終えた男子は五年課程の中学校へ、女子は女学校へ進学していた。そして、中学を終えた後に、大学の進学課程である旧制高等学校に進み、大学入学へと繋がっていた。しかし、この旧制高等学校は男子校ばかりであったから、女子の大学教育の道は閉ざされていた。女学校を卒業してから、女子師範学校か女子専門学校に進学した後、大学へ入る道が僅かにあったに過ぎない。東北帝国大学が大正二年に、女性の入学禁止事項がないため数学と化学の専攻で女子学生の入学を認めた例があるが、これは大変稀有なものであった。このような状況であるから、女性の大学進学がいかに大変なことであったか、容易に推察できる。昭和二十三年の新学制によって、ようやく男性と同じように女性も大学進学が可能になったのである。富美は、新学制の始まる直前に、女子高等師範学校に入学した。

ちなみに、新学制が始まり、六・三・三制度が動き出した当初の昭和二十五年の高卒者に占める進学者の割合は、男子で三割強、女子はその半分に過ぎない。中卒で社会に出るものも多かったことを勘案すると、富美の進学は、高等教育を受けられるものとして、大きな期待を背負っていた。

養女となる

昭和二十三年、延は兄の宗一郎のもとを訪れた。亮吉に嫁いで早十六年になる。子供は出来ないと悟った延は、養子を迎えることを考えていた。良き母になれなくとも、良き妻にはなろうと、理想の妻像になるべく頑張っていたが、嫁ぎ先の家を絶やしてはいけないという考えが、日増しに大きくなっていった。戦前の家長制度のなかで育ったものにとって、ほかの何よりも重要な優先事項は、家の存続であった。延のように家のために養子をとろうと考えるのも当然である。

弥三郎が亡くなった後、延は義姉の清乃に声をかけた。父親がいない中での子育ては大変だろうから、二人の息子のうち次男を私の子供として育てたいと申し出た。

「大丈夫。自分の子だから、自分で育てます。何とかなります」

亮吉の手前勝手で破天荒な性格を見抜いていた清乃は、明るく答えて断った。そこで、延は長兄の末息子を養子にしたいと願い出たのだった。不妊治療などの医療が確立していなかった頃、子供は、天からの授かりものであった。子供が欲しくても出来ない夫婦もあったし、生活が成り立たず子供を手放す夫婦もあった。

可愛い妹の願いといえども、養子に出すということは、その子供の一生を左右することである。宗一郎・タキ夫婦は、純粋に子供の幸せを願う人であった。簡単に了解できるものではないから本人の気持ちを大切にしたいと、言葉少なに答えた。輝男は、新学校制度のもと旧制中学校から名称を改めた長正高校に通っていた。どうだ、叔母さんの子供になるかと父親に問われ、答えに窮してしまった。高校を卒業した後、どのような暮らしになるのか、全く想像できなかったからである。

「あたいが、叔母さんのところに行く」

思わず、江子は言ってしまった。江子は、四人に増えた兄夫婦の子供たちの子守りをする毎日であった。このまま家にいることが、苦痛に感じるようになっていた。跡継ぎには男の子が欲しいと考えていた延であるが、江子が望むならそれもいいかもしれないと、ふと思った。台所仕事が苦手な延は、学校の仕事があるからと、家事の一切を女中に任せていたからである。その女中の縁談がまとまり、あと三カ月もすれば嫁いでいく。女の子なら、台所仕事ができる。実際、江子はいつもこの大家族の賄い仕事をやっているのだから。

「そう、お江ちゃん、早く鶴舞に来てね。やっちゃんが暇をもらって出る前に、来てもらえると嬉しいわ」

女中の代わりに行くことになるんだ、と江子は思った。その年の稲刈りが終わった頃、江子は叔母夫婦のもとへ行った。やっちゃんが去ってから半月ほど経っていた。

驚いたことに、叔母の家には、十二歳になる少女が一緒に暮らしていた。亮吉の兄嫁の連れ子だという。亮吉の兄は、長男であるにもかかわらず家を出てしまったので、次男である亮吉が、家督を相続した。とは言っても、最初に相続した兄が財産をすべて持って鎌倉に行ってしまい、親から貰ったものは、茶の湯の釜一つだというのが、亮吉の口癖であった。兄が去った後の僅かばかりの土地に、延と二人で暮らす家を建てたのだが、間もなくして、その兄が戻ってきてしまった。鎌倉では、女中を四人抱える豪勢な暮らしをしていると聞いていたが、住む家が無くなって故郷の地へ戻ってきたわけである。亮吉は、もともとは兄の土地だからと言って、住んでいた家を兄夫婦に譲り、その隣に購入した土地に新しく家を建てたところだった。亮吉の兄が再婚した相手には連れ子がいた。それが、目の前にいる十二歳になる千代である。しかし、やがて三番目の妻となる多恵が、後を追って鎌倉からやってきた。正妻と正妻を狙う二人の女の修羅場である。義理の妹である延は、千代の通う小学校の教員でもあった。正妻は、「この子の面倒を、しばらく見てください。お願いします」と言って、預けたまま姿を消した。延から話の一部始終を聞いて、大変なところに来てしまったと、江子は内心穏やかではなかった。しかし、今更生家に帰るわけにもいかなかった。

第5章　母になる

見合い　離れ建築

昭和二十六年、江子は見合いをすることになった。相手は、延のお眼鏡にかなった若い教員であった。縁結びのご利益があるという高滝神社で会い、隣の加茂城という料亭で昼食をとった。二人だけでしばしお話でも、と言って他のものが席を外した。

「どんなことがあっても守りますから、家に来てください」

「はい」

隆之は、条件反射で返事をした。見合い相手の隆之にとっては、教員として尊敬の念を抱いている延先生のお嬢様である。この縁談話を自分から断ることは出来ないと承知して臨んではいたが、江子のはっきりした物言いに驚いた。

縁談がまとまると亮吉は上機嫌になった。さあ、江子が婿をとるなら家を大きくしよう、このままじゃ手狭だと言って、大工たちを呼び寄せた。その頃住んでいた家は、茶の間と叩きの台所、そして八畳の二間続きと納戸のような小部屋しかなかった。母屋を出た北側に馬小屋があった。亮吉がかつて通勤の足として使っていた馬が徴用されてからは、がらんどうになっていた。

「馬小屋の柱をそのまま生かし、来客用の洋間を作るんだ」

亮吉は、破顔して饒舌になり、さらに続けた。

「書院造の離れを建てて、中廊下で母屋からつながるようにするぞ」

左官、大工、瓦屋と、職人が出入りし、途端に賑やかな毎日になった。金の心配はするな、慌てるな、いいものを作ってくれと、亮吉はいつも職人たちに声をかけていた。江子は不思議でたまらなかった。一体、どこからお金が出てくるのだろうか。叔母の延は、嫁いで間もないころ、給料日にそのすべてを亮吉の賭け事で失くしたことがあると、以前話したことがあった。江子は、亮吉の金銭感覚に恐ろしいものを感じる一方で、職人たちにお茶を出し、昼食を一緒に囲むひと時は楽しかった。

「こちらは、川路柳虹先生だ。離れの襖に絵を描いてもらうのにお呼びしたんだ。お江、粗相のないようにな」

ある日、亮吉は眼光の鋭い老人を連れてきて、江子に紹介した。

「お江さんとやら、わしがいつ、どこで、何をしようと構わないでくだされ。何時に寝て、起きるのか、気にせんでくれ。『お茶だ』『飯だ』と呼んだりしてくださるな。食べたいときに、気が向いたときに、勝手に蝿帳のなかからとって何か食べる。一つだけ、お願いがある。酒だけは切らさんでくれ。いつでも酒が飲めるように、わしの手が届くところに徳利と盃を用意しておいてくれ」

ろくに学校にも行かなかった江子にとって、この人物が何者か理解できなかった。酒好きで、多少絵心があるのだろう、という程度に受け取ったが、亮吉はいつになく丁重な振る舞いをしていた。

老人は、畳の入ったばかりの離れでゴロゴロと転がっていることが多かった。たまに機嫌が良いのか、一服する職人たちに交じって漬物をつまんで、酒を飲んで笑うこともあった。ふらふらと畑を歩き、空を見上げて一人呟いたり、突然うなり声を上げたりすることもあった。一緒に頂こうと、突然食事に加わることもあったが、やってきた御用聞きが、すぐそばで家人の居場所を尋ねても、全く聞こえていない姿を、江子は垣間見た。江子には理解できなかった。目の前にいる者の姿が見えず、声が聞こえないのである。この老人の居候生活が十日ほど経ったとき、突然こう切り出した。

「お江さん、今日、絵を描く。誰も寄せ付けるな。絵が完成するまで、話しかけるな」

板敷の部屋に変わった馬小屋で画材を広げ、その日、川路柳虹は、一気に描き上げた。

太い黒松とその根元に笹、そして梅の枝で囀る鳥の襖絵に、詩を一篇添えた。書院造の袋棚には、金箔の地に深紅の藪椿をあしらった。

「お江さん、有難う。約束通り、仕事をしたぞ」

こう言って、帰っていった。

この川路柳虹なる人物は、幕末の勘定奉行で日露和親条約を結んだ川路聖謨の曽孫である。日本で初めて口語自由詩を発表した文人であり、画人としても名声を馳せていた人物であった。房総半島の片田舎に疎開し、戦後もしばらく居を構えていたため、亮吉と親交を持つようになっていたのだった。江子は、図らずも晩年の川路柳虹と寝食を共にし、その制作過程をつぶさに見るという貴重な体験をしたのであった。

この年昭和二十六年、サンフランシスコ講和条約が日本と連合国の間で結ばれた。敗戦した日本が国際社会に復帰した年であった。

養父逃走

江子の縁談を機会に増築した離れは、銀閣寺を彷彿させるような造りの建物であった。亮吉は知り合いだという人達を呼び、完成したばかりの離れで、花札を始めた。挨拶をし、つまみを出した江子は、裏の畑に行っていつものように畑作業にいそしんでいた。警察車両がやってきているのに気づいた。家に戻ると、男達は、口々にこう言っていた。

「いやあ、亮吉先生には驚いた。車が見えた途端に、札を一枚食っちまったんだから」

「賭け事なんかじゃありません。欠いた札では賭け事は出来ません。暇つぶしで遊んでただけです、ってさ」

「いくら探したって、腹の中のは、出てこないわ」

その数日後、再び警察がやってきた。勝手にいた江子は飛び出した。玄関の外で、亮吉は留守ですと、大声で言った。実際は、亮吉は留守ではなく、離れにいた。江子は警官の前に立って、今日はおりません、と繰り返した。簡単に相手も引き下がらない。「家宅捜査始め」という指示とともに、大勢の警官が家の中へ入り込んだ。玄関から一部屋ずつ進んでいった。押入れを開け、タンスの引き出しの中のものを取り出し、食器棚にある器も出した。床の間の掛け軸の裏、壺の中も逆さまにして振った。二時間近く経っただろうか、警官たちは家の隅々まで調べ上げた。不思議なことに、離れにいたはずの亮吉がいなかった。今日はここまでとするが、匿ったりしたら貴女にも罪が及ぶということを言って、警官は立ち去って行った。警官たちが去った後、江子は力が抜けて座り込み、そのまま呆然としていた。そして、無意識のうちにも、散らかった座布団や着物を片付け始めた。何が起こったのか全く分からず、思考が停止してしまっていた。日が傾き始め、腹をすかした豚が鳴き声を上げて、我に返った。餌をやらなっきゃと、立ち上がり、勝手口から出たとき、上から「おーい」と、小さな声がした。警官がいないことを確認した亮吉は、桜の木をつたって二階から洗面所の突き出し屋根の上に降り、江子の前に飛び降りた。

「迷惑をかけたな。しばらく出かけるから、延にそう言っといてくれ」

亮吉は西側の斜面を駆け抜け、杉林の山道の中に消えてしまった。江子は、帰宅した延に事の一部始終を話した。全く表情を変えずに聞いた延は、このことは口外してはならぬ、と最後に言っただけであった。

二階の押入れから入れる天井裏には、大人が背をかがめて歩ける高さがあること、死角になる部分に隠れる空間を用意したことを、工事を請け負った棟梁から聞いたのは、この事件から十年近く経ってからである。いずれも、亮吉が仕掛けを作ってほしいと所望したとのことである。母屋から離れを繋ぐ廊下を作るとき、足場を組むのに桜の木が邪魔になると、職人たちがてこずっていたのを、江子は覚えている。裏庭には三本の桜があり、根を張り枝を伸ばしていた。普通ならば、足場を組むのにその木を伐る。残った根っこが朽ちて土台がずれてしまう心配があれば、その根株を掘り起こしてから建物を作る。しかし、桜は日本の木だから伐ってはいかん、桜を生かして建ててくれと、亮吉は話していた。桜の花を愛でたいという純粋な気持ちだったのか、二階から降りる足場が欲しかったのか。真偽の確かめようもない。

この日出て行った亮吉が戻ってくるのに、およそ三年を要した。その間に、江子は結納を済ませ、婚姻届を提出し、長女を出産することになる。が、披露宴だけは、皆がそろって執り行うことにしようと決め、亮吉の帰りを待つことにした。

亮吉が去って間もなくして、隣で暮らしていた亮吉の兄は、胸が苦しいと言って、あっけなく亡くなってしまった。いざこざ続きの三番目の妻多恵が葬儀を仕切るわけにはいかなかった。読経のお布施にも事欠くほどの台所事情であった。足入れしてやってきたばかりの江子の夫、隆之がこの葬儀を取り仕切った。

出産

男手のない家は何かと物騒である。延の強い希望もあり、亮吉が消えてしまったが、江子と隆之は婚姻届を出した。

昭和二十八年、江子が身ごもったことを知らせる便りが押日の生家に届いた。タキは初産を迎える江子が心配になった。その頃、江子の生家には、夫が戦死してしまった姉のツルが、戻ってきていた。子供もなく、姑夫婦と暮らすわけにはいかなかったからである。下の姉の恵は、一度も会うことなく戦地に赴いた見合い相手の親のたっての願いで嫁いだ。しかし、肝心の夫は、帰還するやいなや結婚を了解した覚えはない、と問答無用で追い返してしまった。女学校を出た後、恵は役場で働いていたが、結婚を機に退職していた。出戻り娘となった恵は、女の身ひとつで食べていくことを考えて、家庭科の教員になろうと、東京の女子大学まで通っているところだった。江子の兄嫁が九人目の子供を秋に出産したが、家にはツルも恵もいて女手が沢山あるからと、タキは江子のもとにやってきた。十一月の初め、江子が臨月に入る前であった。

タキの訪問を誰よりも喜んだのは、延であった。二十歳も年の離れた兄の宗一郎夫婦は、言わば、延にとって親代わりの存在であった。タキが家事の一切を引き受けてくれていたから、延は安心して師範学校で学ぶことができた。そのため、幸か不幸か、段取りをつけて家事をこなすことができない延であった。タキが来れば、台所仕事の心配をしなくて済む。それだけではない。実の子供がいない延にとって、妊娠、出産がどのように進むのか、医者や産婆をいつ呼んだらいいのか、不安だらけだった。

娘の江子と二人で過ごす穏やかな時間を、タキは楽しんだ。養女に入ってから、江子一人でそれぞれ二反ある田と畑を耕し、鶏と豚を飼い、逞しく暮らしていることに驚いた。

小春日和の日々、大根を干し、白菜を漬け、風呂焚きで使う薪作りなどをしながら、母娘の時間を過ごした。叔母夫婦の所へ来てからの苦労話に、タキは黙ってうなずいた。それだけで、江子の心は軽くなっていった。

十二月九日の晩、床についてしばらくすると、腹部が引きつるような感じがして、江子は眼を覚ました。すぐにそれは治まったので、また眠りについた。三、四十分したころ、また腹部が張って引きつった。隣に寝ていたタキを起こした。

「母ちゃん、なんかおかしい。お腹がピンと張る。今までと違う」

「江子、しっかりしろ。生まれるぞ。初産は時間がかかる。半日はかかるからな。夜が明けたら、隆之さんに産婆さんを呼びに行ってもらおう」

初産の場合、十分刻みの規則正しい陣痛の開始から胎児が生まれ出てくるまで、十時間程度かかることをタキはよく知っていた。隆之も延も江子のいきむ声に、なす術がなく空が明るくなるのを待った。タキは江子の腹をさすりながら、産婆と医者の手配や必要なガーゼ、手ぬぐい、油紙、脱脂綿、洗面器、湯の準備を次々と始めた。隆之が産婆の元へ向かったときには、すでに江子の陣痛は分娩開始を知らせていた。

朝ごはんも食べずにやってきた産婆は、陣痛の様子を聞き、準備を始めた。布団の上に油紙を敷き、産湯がすぐ使えるように盥を用意した。湯を沸かして、あらかじめ魔法瓶にいっぱいにし、一つのやかんには絶えずお湯を沸かしておき、もう一つのやかんには水を入れて、いつでも産湯が使えるように整えた。心配で勤めを休むことにした延も手伝った。出産は女の仕事で、男の出る幕はないと言われた隆之は、産婆を連れてきたあと、仕事に出掛けることにした。

江子の様子を見ながら、手の空いたものが順番に朝食をとっていると、畑の向こう側の隣家、新屋の親父がやってきた。

「大変だ。うちのが、生まれそうなんだ。産婆さんを呼びに行ったら、ここにいるって聞いたもんで」

同じ時間帯に生まれるようなことになったら、一人では手が足りない。二人とも初産である。もしものことを考えて、産婆は、すぐ医者を呼んでくるようにと、新屋の親父に伝えた。昼前に、産科医がやってきた。

後から産気づいた新屋のところでは、難なく赤子が生まれた。しかし、遅くとも昼下がり、午後二時くらいまでには生まれるだろうとタキが予測していたにもかかわらず、まだ江子の赤子は生まれ出てこない。もう日が暮れ始めていたが、朝から僅かに白湯を口にしただけで苦しんでいる江子は、体力も気力も限界が近づいていた。子宮口は全開し、破水もした。子供が下がってくれれば良いだけなのに、出てこない。胎児は旋回しながら産道を降りてくるのだが、江子の胎内から出るはずの赤子は動きを止めてしまった。医者は焦り、鉗子をとり、江子の胎内へ入れた。大きなヘラのついたピンセットのような手術器具である。胎児の頭を挟み、引っ張り出すためである。

「やめてください」

今まで立ち会ったことのない出産の様子に、タキは声を上げた。

「うるさい。これしか方法はないんだ」

医者は力ずくで子供を引きずり出した。鉗子で挟まれた赤子の額には、大きくえぐれた傷ができ、額の頭蓋骨の一部が白い点となって覗いていた。産婆が産湯をつけ、江子に見せたが、小さな額からは、これでもかというほど血が流れ出ていた。何よりも江子が辛かったのは、分娩が終わった後の注射である。見たこともない太い針のついた注射を二本臀部に打たれた。思わず、痛さに悲鳴を上げた。

「このくらいが何だ」

医者はこう言い放ち、遅れてやってきた息子である新米の医者に言った。

「練習だ。お前も二本打て」

自分の体で何が起こっているのかわからず、家畜と同じように扱われているのが、悔しくて、辛く、情けなかった。

昭和二十年代、ほとんどの出産は家庭で行われていた。産婆、すなわち助産師が一人で、子供を取り上げる場合が多かった。今なら、病院で出産が行われ、母体・胎児の双方の安全のために、あらかじめ会陰切開をして出産が行われている。難産が想定される場合には帝王切開となる。しかし、この頃の医療技術では、帝王切開手術は危険が多く、出産時の治療としてまだ確立していなかった。帝王切開は、ローマ帝国時代のカエサルの出産に由来するのだが、母体をとるか、胎児をとるか、という命の選択となる出産であった。

江子に付き添って世話をしていたタキは、お宮参りだけでなく、初節句を終えるまで滞在し、田植えの季節が始まる前に自宅に戻って行った。

披露宴

「孫はどこにいる?」

昭和二十九年の年も押し迫った頃、突然亮吉が戻ってきた。警察に追われて姿をくらましたままの亮吉が目の前に現れた。

「今日からわしを『おじいさん』と呼べ」

その晩、食事の席で亮吉はこう宣言した。養女としてやってきた江子は、叔母夫婦を

「お父さん」「お母さん」と呼ぶことができなかった。江子が「叔父さん」「叔母さん」と声をかけるのを知らなかった隆之は、婿入りした当初、客人がやって来たのではないかと、勘違いすることがよくあった。

「おじいさん」と素直に呼んでくれる孫が誕生したのである。本当の家族になれるという喜びが、一瞬だが、亮吉の心に芽生えた。亮吉には、姉と兄がいたのだが、二人とも五十前後で亡くなっていた。戦前の平均寿命が五十歳あたりであったことを考えれば、数えで五十になる亮吉の年齢なら、親、兄弟が亡くなっていたとしても不思議ではない。しかし、亮吉の姉と兄には、実の子供がいなかった。兄が残していったのは、二番目の妻の連れ子と、三番目の妻。亮吉が弟のように可愛がっていた従弟は三十で戦死し、出征後に生まれた子供の顔を見ることが出来なかった。不憫な従弟の残した子供が、唯一の血縁者であった。亮吉は、常に家族の温かさに飢え、孤独を抱えていた。養女として迎えた江子も、「お父さん」と呼ぶことがなかった。口にこそ出さないが、延の兄弟姉妹たちが羨ましくてたまらなかった。

亮吉は、賑やかに次から次へと話題を広げるが、なぜ逃走したのか、何をしていたのか、江子が聞きたいと思うことには、なにひとつ触れなかった。しかし、亮吉の話から、少しわかったこともある。九州の熊本と佐賀にしばらくいたこと。その後、大阪にも滞在していたこと。孫の顔を見たいと連絡が来たときに、隆之はつかまり立ちを始めた長女を連れて出掛けて行った。その場所は、東京は山谷地区と呼ばれる日雇いの労働者たちが多く暮らす街だったこと。なぜ警察に追われて逃げていったのか、それは聞いてはならぬことだった。話がひと段落すると、亮吉はこう言った。

「もう酒は飲まない。煙草も吸わん。博打もやらないと誓うぞ。さあ、江子、早く披露宴を挙げよう」

亮吉が留守の間に生まれた子供は、「博江」と名付けられた。結納の準備をしていたころ、冗談交じりに亮吉が、もし子供が生まれたら何という名にすると聞いてきたことがあった。隆之と二人でつけたいと思う名前を紙に書いて、同時に開けてみると、偶然にも「博」の文字があった。その頃、獣医をやめて、新しいことを始めたいと思っていた亮吉は、易を見てもらい、「博」の字を用いると運勢が開けると言われた。名前を改めることにしようと考えていたところだったので、運を導く「博」の字を、孫にも使いたいと亮吉は思ったのだった。一方、読み書きもおぼつかない親の下に生まれながらも、その聡明さに気づいた篤志家のおかげで勉学の機会を得た隆之は、学び、博識を持ってもらいたいという願いがあった。二人の思いが重なった「博」と江子の「江」を合わせた名前である。

年が明けた昭和三十年三月、披露宴を行うこととなった。一週間前から、江子はお膳の準備を始めた。煮物に使う野菜は、江子の畑で採れたものである。亮吉は、最高級品の干し椎茸のどんこと、やはり最高級品の日高昆布を大量に買ってきた。前日までに、江子は下ごしらえを済ませた。甘煮の末広人参と昆布巻きは、我ながらうまく炊けたと嬉しくなった。鯛の尾頭付きの折は、魚屋に配達するように手配した。酒も十分用意し、皿、お椀、徳利、盃、箸などすべて準備した。披露宴の当日、江子は早く起きて赤飯を炊き、さらに大量の寿司飯を作った。八寸四方の大きな卵焼きを何枚も焼いた。タキと一緒に松竹梅をあしらった太巻き寿司を、次から次へと巻いた。組内の主婦たちが手伝いにやってきた時には、ほぼすべての料理を作り終えていた。

江子とタキは、組内に配膳を頼み、花嫁支度にかかった。隣の多恵が髪を高島田に結ってくれた。本当は、髪結いにお願いしたのだが、先約があり、江子の家に出向くことが出来ないと断られてしまった。このことを知った多恵が、私がやってあげましょうと、申し出たのだった。あこがれていた高島田の髪を結ってもらいながら、こんな風に髪を結える多恵は、何をしてきた人なのだろうかと、江子は思いながら鏡に映る自分の姿を見ていた。黒地の振袖に袖を通して仮結びをしたところで、多恵は列席する女性親族に声をかけた。

「誰か帯を締められるもの、おるか」

山武の叔母さんが手を挙げた。

「お願いしますわ。お太鼓とだらりなら結べるけど、花嫁にそれじゃ申し訳ないから、宜しくね」

多恵はこう言って、帯結びを頼んだ。山武の叔母さんは、丸帯を福良雀に仕上げ、最後にしごき帯を結んだ。着付けている江子の足元には、不思議そうな顔をして見上げている博江がいた。

「いつものお母ちゃんと違うでしょ。今日は、泥んこじゃなくて、白粉だよ」

賑やかな宴が始まった。出席者の七割が新婦江子の縁者である。江子と延は、姪と叔母の関係であり、兄弟姉妹が多いので出席者も多い。残り三割は新郎隆之の親族と近所の組内のものだった。養父亮吉の縁者は、組内でもある隣に住む亡き兄の三番目の妻、すなわち多恵だけであった。挨拶もそぞろに、勝手から使い走りがやってきては、江子に尋ねる。

「お椀はどこにあるの」

「お燗が足りないよ。お酒はどこなの」

そうこうしているうちに、博江が泣き出し、江子は乳を含ませるのに席を立った。花嫁が一番動き回る披露宴となった。延が懇意にしている写真屋に頼んで撮ってもらった記念写真は、後に列席者の手元に送られたが、江子の手元には一枚も残らなかった。

ちなみに、江子が身に着けたのは、おはしょりをとらずに床に引きずるように着付ける黒引き振袖である。これは、「ほかの誰にも染まらない」という意味を持つ。江戸後期から昭和初期において、もっとも一般的な花嫁衣裳であった。打掛を着用しないこの五つ紋の入った黒引き振袖は、結婚後に袖を詰めて留袖となり、既婚者の礼装として用いられる。今日、多くの人が身に着ける和装の婚礼衣装に白無垢がある。これは、「嫁ぎ先の色に染まる」ということを意味する。白の色は、白装束にもつながり、嫁ぐことは死と同じで、生まれた家に戻らないということも意味し、花嫁の決意を示すとも解釈されるものである。

町長選

逃走から戻った亮吉は、宣言通り、酒も煙草も断った。名前を「博義」と改め、東京のとある企業で働き始めた。しかし、江子には理解できない不思議な働き方をしていた。数日から数週間家に戻ってこないことがよくあった。そして、自宅に戻ってくると、人を呼び、豪勢に酒を振る舞い、客人が絶えることがない。亮吉はまた、職人を大切にし、出入りする職人たちにはよく声を掛け、笑っていた。時には江子を連れて、軍鶏を飼っている家に遊びに行き、地元の人達と田舎言葉で楽しそうに話をすることもあった。しかし、時折東京からかかってくる電話の応対の様子は、それとはまったく異なっていた。

感情の起伏が激しく、我が儘で人を信頼することが出来ない亮吉は、時に人を試してみる。庭にいる鶏を指さして、この中で一番いい鶏はどれだと、亮吉は江子に尋ねたことがあった。江子は鶏冠が立派な雄の軍鶏でなく、小振りで何の変哲もない地鶏を指さした。亮吉は、気に入りの軍鶏が高値で取引される価値があるものだと話したが、江子は自分の選んだ鶏が一番だと譲らなかった。その理由をこう言った。

「おじいさんは、あの軍鶏が一番いいと思うかもしれないけど、あたいはこっちだ。この鶏は卵を産んでくれるから、闘鶏の軍鶏よりずっといい」

相手に臆することなく、自分の考えを言える江子は、学問はないが信頼できると、亮吉は安心した。

当時、江子は豚を飼って多少の小遣い稼ぎをしていた。雌豚に種付けをし、仔豚が生まれると五〜六カ月育てて出荷していた。昭和二十年代の後半、朝鮮戦争を境に日本は復興が目覚ましかった。戦時中の暗い影を忘れたかのように、いや、忘れるためにも必死に、がむしゃらに働き、豊かさを求めて走っていた時代であった。食料事情が良くなり、次第に肉の消費量が増えるなかで、豚は高値がついた。

あと数日で仔豚が生まれようとしていたときのことだった。江子が田んぼから帰るとその親豚がいなくなっていた。楽しみにしていた豚がいなくなったわけだから、大変だと近所を巻き込んで大騒ぎになった。そんなところに戻ってきた亮吉は、俺が売っといたから、と何事もなかったように答えた。

「親の役に立ったんだから、江子は『孝行もの』だよ」

学校から帰宅した延は諭すばかりで、毎日汚れながら世話をして豚を育てていた江子の気持ちを取り合おうとしなかった。

江子が二番目の子供を身ごもった頃、亮吉は町長選に出馬すると言った。戦後、二十歳以上の男女が全員参加できる普通選挙が開催されるようになって、およそ十年。選挙を通して政治に参加しよう、自分たちで社会を作っていこうという気概に満ちていた。延と隆之は、教職公務員として政治活動が出来ないが、延の教え子の医師が亮吉の選挙責任者を引き受けた。そして、早々と教職を退いた延の元同僚であるカシが選挙事務所を取り仕切ることになった。カシは、まず延の教え子を訪れた。一人は町の教育長、もう一人はこの地域の豪農の跡継ぎであった。教育長となっている教え子はこう答えた。立場上選挙に関わることはできないが、個人としてお世話になった延先生のご主人を応援しますと。農家の後継ぎは、どんなことがあっても、延先生ご夫妻をお支えしますと約束した。その言葉通り親子二代にわたって延と江子を支えることになるのであった。

カシは瞬く間に、後援会を組織し、出馬挨拶の葉書を準備した。カシの声掛けで集まった延の教え子たちは、葉書の宛名書きをした。ポスターの手配、選挙カーの依頼など、連日多くの人がやってきた。江子は、百姓仕事と子育てのほかに、絶え間なく訪れる選挙活動に携わる来客に、お茶と昼食を用意する毎日となった。延の帰りを待って、教え子たちは挨拶をしてから家路についた。カシは、延にその日の報告をし、懐中電灯を持って夜道を歩いて帰る日々が続いた。

この後、カシは婦人会を組織し、やがて町議会議員となった。政治活動を始めて間もなくして、自由民主党千葉県支部の婦人部として、その活動にも関わった。晩年は、民生委員や保護司となり、福祉活動に専念することになっていった。

県議選

江子に三番目の子供が生まれた年の暮れ、今度は、千葉県議選に出ると亮吉は言った。市原郡南総町及び加茂村には、現職の県議会議員がいる。この議員の地盤は平三地区、亮吉の母親の生家があったところである。通常ならば、事前に調整をして、知人縁者が相まみえることを避けるのだが、亮吉は選挙に出た。市町村の合併があり、鶴舞町が周囲の町村と一緒になるため、鶴舞町長の仕事が消滅するという事情もあった。

全国統一地方選挙が行われる昭和三十四年の正月、亮吉は町長として報告会を開くと称して、松の内が明けるまで連日五十名前後の支持者を自宅に招いた。報告会と併せ、合併に向けて町民の陳情を受けるという名目であったものの、実際は酒を振る舞う選挙活動であった。三人の孫の世話をするために定年を前にして教職を去った延も、本腰を入れて選挙活動に加わることになった。

江子の暮らしも大きく変化した。出入りする多くの人達に食事と酒を出すことに追われる毎日になった。江子が養女となってからは、雇っていなかった住み込みの女中を、再び雇うようになった。延の退職金のすべては選挙で消えてしまった。江子は、現金収入を得ることはできないが、支出を抑える工夫はできた。養女に来たばかりの頃に、振袖の代わりに亮吉が買ってくれた畑と田んぼは二反しかなかったが、このころにはそれぞれ六反ほどに増えていた。季節ごとのありとあらゆる野菜を栽培した。特に、一年を通して利用する常備野菜や、長期保存がきく根菜・豆類は大量に種をまき、大勢の来客に対応できるように栽培していた。

県議会議員に当選した亮吉は、車に乗るようになった。議員活動をするために、県費で貸与された車があり、専属の運転手を雇ったのだった。最初にやってきた運転手の実家は築地である。親は、築地市場で佃煮屋を開いているとのこと。住み込みで働くので、亮吉が出かけないときは、当然のこと、運転手の仕事も休みとなる。畑や田んぼ仕事で忙しい江子にまとわりつく子供たちの遊び相手になったり、台所仕事を手伝ったりもした。佃煮屋の息子だけあって、料理はお手の物であった。親の店を継ぐことも考えて、調理師免許を持っていたほどである。小女子は、釘煮とお茶請け用のかりんとう仕立ての二種類の田造りを教わった。外房の海から届く大量の鰯を、甘露煮に炊き上げることもできるようになった。鯵の捌き方も、身の大きさと調理方法によって、二枚おろしにするのがよいのか、三枚おろしがよいのか異なる。姿焼きにするときの化粧塩のふり方も、以前は見よう見まねでやっていたのだが、運転手に教わり格段に上達した。湯引きのコツも教わり、鯉の洗魚の作り方や、アユの踊り焼きの串打ちも出来るようになった。鰤はワカシ・イナダ・ワラサ・ハマチ・ブリと名前を変える出世魚だと知った。正月に飾る荒巻鮭もさばき、骨も皮も無駄にせず調理する術を身につけた。皮を剝ぎ、身をそぎ切りにした鯛のお造りは、銀色と薄桃色が光る美しい一皿となった。瞬く間に運転手も唸るほどの腕前となった。

大豆を煮てぶどう煮を作っていたとき、運転手がやってきて、鍋の中でふつふつ踊る豆を見て言った。

「お江さん、砂糖はいつ入れるの」

豆が柔らかくなったら入れると答えたら、菜箸で一粒つまみ上げた。

「つぶしてごらん」

渡された熱い豆を、江子は親指と人差し指でつぶした。

「今度は、親指と小指でつぶしてごらん」

思うように力が入らず、さっきのようにつぶれなかった。それを見て、運転手は言った。

「親指と人差し指だと力が入るからつぶれる。けど、小指だとそうはいかないでしょ。力の入らない小指と親指ではさんで、軽く押さえただけでつぶれるようになった時に砂糖を入れるんだよ。砂糖を入れると硬くなる。後から火を加えても柔らかくならないんだ。だから、それを見越して豆を柔らかく炊かなくちゃいけないんだ。砂糖は一度に入れずに、分けて入れること。炊き上がったら、一晩おいて味をなじませる。そうすれば、失敗しない。美味しい煮豆ができる」

煮豆やきんとんを作る際、砂糖を入れる頃合いの読みは絶妙で、他の人に真似できない逸品を作れるようになっていった。この運転手がいた一年半の間、江子にとっては専属の指導者のもとで料理の勉強ができたわけである。何しろ、東京の台所と言われ、舌の肥えた客たちを相手にしている築地である。そこで生まれ育ったのだから、魚の種類と産地、旬の季節を知っているのは当然である。食を通した知識が増えたことは、亮吉の客人に振る舞うだけでなく、江子のその後の人生での楽しみが増えていくことにもつながっていった。

亮吉が県議会議員選挙に出馬する二年前に、千葉市と隣接する五井・市原地区の海岸の埋め立て工事が始まっていた。当選した翌年には、その埋立地に、東京電力、丸善石油、三井造船、チッソ石油化学、昭和電工、旭硝子、古河電工等、日本の戦後復興を象徴する企業が続々とやってきた。東京湾沿岸開発が興隆を極め、農漁業中心だった千葉県が、都市化、工業化に向けて加速していく時期であった。

亮吉が県議選に出たこの昭和三十四年は、皇太子が民間人と結婚し、「ミッチー・ブーム」となった年でもある。戦中・戦後の影は鳴りを潜め、人々は「もはや戦後ではない」と浮き立ち、高度成長期を驀進していた。亮吉は当選早々から、千葉県の工業化に向けた長期計画の中枢となって働き始めた。そして、東京湾沿岸の埋立地と道路交通網の整備、新東京国際空港（成田空港）の開港へと関わっていくこととなるのだった。

第6章　富美の思い

富美の就職

江子が結婚したころ、富美は大学を卒業し、大学院に進学することになった。戦後の男女平等に教育の機会を設ける動きの中で、女子の高等教育充実のため、先陣を切って大学院の設置をしたのがお茶の水女子大学であった。富美が在籍した時期は、大学院設置直前で、開講に向けての準備を兼ねて講座を開設したばかりであった。理学部を修了した富美は、専攻科に進学し、大学院の課程でさらに学ぶ選択をした。

卒業後、富美はキリスト教系の私立高校で教壇に立つようになった。父弥三郎の闘病生活を支えた叔母のテル夫婦も延夫婦も、千葉に戻って就職してくれたらと、淡い期待を抱いていたが、母清乃の勧めもあって、千葉を離れて就職することにしたのだった。ミッションスクールでは、進化論を扱ってはいけないというところもあると耳にしたことがある。科学者として進化論を授業の中で扱うがよろしいかと、学園長と面接した際に、富美は尋ねてみた。科学とキリストの教えは反するものでなく、科学的立証が困難な時代において、人の誕生をどのように捉えたというものだ、という見解を聞き、この学校で働くことに希望を抱き、社会人として働き始めた。

東京湾の出入り口、横須賀市にあるこの女子高は、カトリックの女子大の付属校である。校舎は海軍基地の跡地に建てられたものである。この地は、かつてペリーが来航し、日本が鎖国を解き、近代化へ進むことになったゆかりの地でもある。戦後、その広い敷地は米軍が駐留することになったが、一部は民間に売却された。女子教育がおざなりであった時代にキリスト教系の女学校が果たした役割は大きい。その流れを汲む女子大の付属高校である。戦中から、思想統制を受けることなく、西洋から学び、質の高い女子教育を求める人たちが、子女を通わせていた学校である。ここには、志を高く持つ若き女性が集っていた。その熱い思いを、富美は全身に感じた。生徒たちのなかには洗礼を受けたり、キリスト教を信仰する家庭の子女であったりする者もいる。が、大半はキリスト教を信仰しているわけではない。入学の門戸はすべての人に開かれていた。

校長をはじめ、英語・音楽などの教員の多くは修道女（シスター）であった。学校の一日は祈りで始まる。チャペルに集まり神へ祈り、それから、それぞれの教室に向かう。富美にとってすべてが新鮮で楽しかった。向学心に溢れる瞳が満ちた教室、伸びやかな歌声が響く講堂、颯爽と球を追う姿が行き交うテニスコート。富美が過ごした京都は、厳かで、文芸を尊び、歴史と共に暮らす町であった。凛とした空気が漂うキャンパスで、学問を学び、働くことが出来る幸せを感じていた。

「互いに愛し合いなさい。わたしがあなたたちを愛したように、あなたたちも互いに愛し合いなさい。」（ヨハネ十三章三十四節）と刻まれたボードが、校舎の入り口にあった。スペインで女子教育のための修道会を立ち上げたシスターの写真に写るそのまなざし。そして富美の上司となる現校長は、南米アルゼンチンから遥か極東の地にやってきて、この学校を創設したシスターである。神の御心のまま、他者のために生きるという生き方を説く。富美はクリスチャンではなかったが、校長の慈悲にあふれる人柄に惹かれていった。

　教壇に立つ順調な日々を送っていたが、富美の心の中には、家族のこれからのことが気にかかっていた。大学生の宏は府中にいる。母は、高校生の徳二と二人でまだ鴨川に暮らしていた。父の療養のために引っ越ししたが、縁も所縁もない鴨川にいつまでも暮らすことはできないだろうと。心配してくれる叔母夫婦がいるとはいえ、徳二の進路が決まって家を出たら、知らない土地で一人暮らすのは寂しかろうと。この頃、従姉の江子の縁談の話を聞いたからかもしれない。苦労の多い母に孫の顔を見せてあげたい気持ちも、心の中に芽生えていた。

改宗

校長のシスターが話を終え、終業式が済むと夏休みである。富美は品川駅に向かった。夜行列車に乗れば、翌朝には京都に着く。大学進学後も、富美は頻繁に京都を訪れていた。足繁く通っていたのは、かつて富美が出入りしていた研究所であった。新しい研究所と統合され刷新された後も、富美は東京での大学生活と並行して、京都大学をたびたび訪れていた。生物学を専攻していたこともあり、京大の研究者たちと実験をしたり、データを共有したりする機会を持っていた。

富美が大学三年生のときには、京都大学理学部教授の湯川秀樹氏が、日本人として初めてノーベル物理学賞を受賞し、戦後の日本に明るいニュースをもたらした。アジア人としては、インドのタゴール氏につぎ二人目の受賞である。湯川氏と高校・大学と同級生であった朝永振一郎氏も、数年後にやはりノーベル物理学賞を受賞している。敗戦し、貧しい生活のなかにあっても、世界から認められる研究者たちを輩出する京都大学は、最先端の研究の一端を担っているという情熱と誇りを持つ若い研究者たちが集うところであった。

狭い夜行列車の寝台に横になって過ごす旅は疲れるはずだが、富美にとって京都へ向かう晩は心躍るものであった。高校卒業まで過ごした京都の地は、家族が一緒に過ごした思い出に満ちた町である。刻をつげる鐘の音が響き、はんなりとした人たちが行き交う通り。それだけではない。大学に入った頃から、ほのかに思いを抱いている人もいる。互いに切磋琢磨し、研究するうちに、年賀状を送り、私的な便りを交換するようになって、かれこれ七年経つ男性である。公私混同をしないように、周囲のものに迷惑をかけぬようにと、己を律していた二人の間柄に気づくものは誰もいなかった。次の機会に教授に話をし、結婚しようと、春に約束した。その時から三カ月半が経ち、再会の時がやってきた。

京都滞在の四日目が過ぎ、明日は帰郷するという日、富美は結婚のことを教授に伝えようとしていた。研究室に入ってきた教授の後ろには、富美と付き合っている男性がいた。教授が口を開いた。

「富美さん、いつもありがとう。今日は嬉しい知らせがあるんだ。君の帰る前に伝えなくては」

彼が先に結婚のことを話してくれたのだろうか。富美は緊張した。

「彼がね、やっと結婚の意思を固めてくれてね。娘と一緒になることになったんだ。九月には結納をして、年内に式を挙げることになったよ」

富美は耳を疑った。教授は何も知らなかったのだ。だから、自分の娘との縁談を、彼に勧めていたのだった。博士課程に籍を置く後輩でもある若き同僚が、愛娘と所帯を持つことになったのを、教授は心底喜んでいる。そして、その喜びを富美にも分かち合ってほしいと話している。七年の月日は何だったのだろうか。富美は、言葉を失った。富美は、今まさに彼との結婚のことを、上司である教授に伝えようとしていたところであったのだから。その日、富美はどうやって横須賀の下宿まで帰ったのか、全く記憶がない。

夏休みが終わるころ、理科クラブの生徒達が課題をまとめるために集まってきた。洞察力の鋭い生徒が一人いた。富美の姿に影がかかっている僅かな変化に気づいた。信仰心が篤く日曜ミサに通っているその生徒は、教会へ行こうと富美を誘った。

煌びやかで異国の芳香が漂う商店街を横目に、緩やかな坂道を上っていくと、港に入る外国船が見える。丘を登った先の山手にある教会は、静謐なたたずまいで来る人を待っていた。訪れる人に、諸手を挙げて待ちうけているかのようであった。教え子に誘われて日曜ミサへ参加してから、毎週のように富美は、教会に通った。休日に、一人で下宿にいるのが辛かった。見えない何かに押しつぶされるような、引き込まれていくような、そんな感覚に襲われて涙が出てきてしまう。以前なら本を読み、手芸を楽しみ、時には音楽を聴いたり、映画を観ようと出掛けることもあった。そんな日常の楽しみを、やってみようと思わなくなってしまった。暮らしの中から、すべての色彩が消えていた。教会で祈りをささげるひと時が、大切な時間となっていた。

長崎　祈りの日々

富美の勤め先の校長は、どんな時も笑みを絶やさず生徒にも職員にも寄り添って、言葉をかける。富美の心は救いを求めていた。「人のために生きよ」というけれど、誰のために生きたらよいのだろう。教会に通って祈り続けているものの、心の安定は一朝一夕に戻るものではない。理性と心はずっと不協和音のままだった。

あの時、研究者の世界で生きていくには、指導に当たる教授との関係を壊しては日の目を見ないことになるのを、一瞬で悟った。だから、身を引いたはずなのに。富美自身の科学者としての道は、閉ざされてしまった。が、それだけではない。こんな迷いだらけの気持ちでいたら、教師として生徒の前に立つことも失格。自分を責め続ける日々が続き、思考は負のスパイラルに陥っていた。ある日、富美は校長室のドアを叩いた。

「すべて神様の御心で導かれていくのです。長崎に行ってみてはどうでしょうか。あなたの傷がいえるまで、修道院で過ごしてみるのがよいと思います」

話を聞いたシスターは、こう言って富美の手を優しく包んだ。シスターは、富美が修道院で暮らしながら、系列の学校で授業を担当できるようにと、長崎の司教へ手紙を送った。

翌年の春、富美は長崎に旅立った。自分の人生だから、自分の決めた道を進みなさいと、母清乃は見送った。

長崎は、大浦天主堂で有名なカトリック大浦教会。高い尖塔を持つゴシック建築で有名なこの教会で、富美の新しい生活が始まった。神様に心を寄せ、近づこうと空に向かって伸びるゴシック様式は、ヨーロッパにおいて中世以降、教会で広く用いられた建築様式である。色とりどりのステンドグラスがはめ込まれ、夜が明けるとガラス越しの光の柱が天井から堂内に広がる。ガラスは、石英、炭酸ナトリウム、石灰石などを高温で熱し、溶けたものを冷やすと出来る。最初のガラスは、火山により偶然出来たと言われている。ステンドグラスを見上げる富美の頭の中に、ガラスの化学式が浮かぶ。板状のガラス製造が難しかった時代、小さな色付きガラスを集めてその表面を磨き、様々な形を組み合わせては模様を作り、神を敬い描いたステンドグラス。人々の思いがつまったステンドグラスが、目の前に鮮やかな光をもたらしている。

長崎は、祈りの街である。古くから唐の国との交易が盛んであった。鎖国の江戸の時代において、中国とオランダと交流する出島があった長崎。禁教であるにもかかわらず、信仰を捨てず数世代にわたってキリスト教を守り抜いてきた人たちがいる。隠れキリシタンと呼ばれる独特なキリスト教文化が、ここ長崎にある。

忘れてはならないのは、富美がこの地を訪れる十年前の昭和二十年八月九日、広島への原子爆弾投下の僅か三日後に、再び原子爆弾がこの長崎に落とされたということである。たった一発の爆弾で都市が壊滅してしまうほどの威力を持つ新型爆弾である。この爆弾の開発は「マンハッタン計画」と呼ばれていた。相対性理論で有名なアインシュタインは、ユダヤ人故迫害されるドイツから逃れてアメリカに渡った物理学者であり、この研究開発で重要な役割を担っていた。ドイツが原子爆弾を製造する前に、これを阻止するため、という大義のもと、彼はマンハッタン計画に加わった。しかし、後に自らの手で製造したこの爆弾の破壊力の大きさに恐れおののいた。第二次世界大戦後の冷戦時の原爆開発競争に警鐘を鳴らし、ラッセルの呼びかけによる核戦争防止宣言にも賛同し、晩年は平和活動を行っている。

原子爆弾を投下したその時、一瞬にして地獄図が広がった。炎が舞い上がるなか、多くの人が亡くなった。データによって差異はあるが、広島では約二十万人、長崎では約十四万人の死亡者数と推定されている。街そのものが破壊され、人口資料等もすべて焼失してしまったのだから、正確な数字は今も明らかになっていないし、これからも被害の数字は推定被害の域を出ないだろう。長崎に落とされたファットマンは、広島のリトルボーイよりも威力は大きかったが、太田川のデルタ上の平地に投下された広島と異なり、半島の山と湾が複雑に入り組んだ地形のため、長崎の犠牲者の数は少ない。一人ひとりに大切な暮らしがあったことを考えると、約十四万という命を少ないと表現するのは不適切であるが、広島より被害者数は少ない。だが、それまでの爆弾と異なり、原子爆弾は炸裂した時に一命をとりとめた被爆者も、吐き気、脱毛、炎症、出血が続き、その後、次々と亡くなっていく人が後を絶たない。胎内被爆の問題もある。被爆から数年を経て、白血病や様々ながんの発症を引き起こすケースもある。被爆者のがん発症率が高いことは、医療関係の調査で報告されている。

教会の鐘が街に鳴り響く。道ゆく人の中に、足を止め、頭を垂れるものが少なくない。ベールの下に、明らかに被爆のケロイド痕と思われる傷を負う女性が、毎日のように教会へやってくる。不自由な足を引きずりミサへ参加する老夫婦がいる。異国情緒に溢れ、朝鮮戦争を機に活気づいた街には、深く静かに祈る人たちが多くいる。これが長崎である。

修道院の一日は、夜が明ける前に起床し、黙祷を捧げることから始まる。レクチオ・ディ・ヴィナという聖なる読書の時間があり、その後、ミサが行われる。朝の祈りが終わると朝食、そして聖書を読み、奉仕作業に従事する。富美のいる修道院では、奉仕作業として児童福祉施設を訪れていた。園の畑を耕して芋や大根を育てたり、箒を持って子供達と街の清掃活動に参加したりすることもある。シスターたちは、訪問する施設の子供たちの活動を支えていく。オルガンを弾いて歌の指導をすることもあるし、週に一度、キリスト教のお話をする時間もある。クリスマスや復活祭のときには、イエスキリストを祝う劇を練習して、病院や障碍者の福祉施設を慰問する。無邪気な子供たちの笑い声が聞こえ、そちらに目を向けると、江子の娘と同じくらいの幼い子供がよちよち歩いていた。時には喧嘩をしたり、突然泣き出したりする子供の姿を追っていると、ほんの少しだけ、青空が富美の心の中に現れる。

修道院の暮らしで、最も大切なことは、祈り続けること。祈り、神に許しを請いつづけることで、神の声を聴くことができるという。目に見えない、実証できないものが本当にあるのだろうか。富美の心に浮かぶ問いは、なかなか消えない。チャペルの入り口の一角に、高山右近と細川ガラシャの御姿がある。戦国の世、千利休の下で茶道を学んだ右近は、キリシタン大名。一五八七年、「伴天連追放令」が出ると、信仰を捨てるものが多く出た。しかし、右近は信仰を捨てることが出来ず、一時期、加賀藩前田利家の保護を受けるものの、フィリピンはマニラへ渡り、そこで没している。明智光秀の娘にして細川忠興の妻である細川ガラシャも、信仰ゆえに歴史の波にさらされて、生涯を閉じる。信仰とはなんであろうか。心を平穏に保ち暮らしていける日々が、再びやってくるのだろうか。富美の心の波が穏やかになる気配は、まだ見えない。おおらかにすべてを迎え入れられるようになりたい一心で、毎日祈り続けた。

富美と妹たち

富美は修道院へ、長男宏は貿易会社に就職し海外勤務となった。スペイン語を学んだこともあり、この後、宏はラテンアメリカとヨーロッパはマドリッドで長く暮らすことになるのだった。次男の徳二は、高校を卒業し、宏と時を同じくして就職した。清乃の子供たちは、弥三郎の闘病生活のために暮らした鴨川の地を、皆飛び立っていった。

清乃は、戦後、実家を継いだ長姉が結核で亡くなったあと、その子供たちの世話をするために、一時宏と徳二を連れて、宮城で農園暮らしをしていた。が、復員してきた義兄から夫婦になろうと言われ、また鴨川に戻ってきた。姉夫婦の子供を、自分の子供と同じように愛せるのかどうか、不安だった。何よりも、十余年しか連れ添わなかった弥三郎の思い出が消えてしまうのではないか、と怖かったのである。義兄には、あなたが戻ったなら、もう大丈夫ですね、と言って帰ってきたのだった。自分で育てると言ったその子供たちが独り立ちし、それぞれの道を歩き始めた。

これといった収入もない清乃がどうしようかと迷っていた時に、延から、しばらく鶴舞に来てほしいと願い出があった。江子が婿を取ったとはいえ、亮吉との暮らしをやりくりするために、延はまだ小学校で働いていた。家庭に入り孫の世話をするよりも、延が外で働いて収入を得ることは、理にかなっていた。しかし、子供の世話だけでなく、田畑も広がり、江子一人だけではやりくりがつかないほど忙しくなっていた。人手が足りないことは否めない。そこで、清乃に声を掛けたのだった。一方、六十を間近にして鴨川で一人暮らしをするよりも、子供たちが落ち着いて所帯を持ち、同居できるようになるまでの少しの間、義妹のところで手伝うことも、弥三郎の件でお世話になったお礼になるのではないかと、清乃は考えた。

このころ、江子には博江に続き幸江も生まれていた。江子の朝は早い。朝食の準備をし、延と隆之の弁当をつくる。そして、鶏と豚に餌をやってから自分の朝ごはんとなる。江子が外で動物の世話をする間、清乃が幼い二人の子供をあやす毎日となった。

富美は、母親に会うために長崎から鶴舞へ足を運ぶことがあった。祈りを奉げる富美の暮らしと全く異なる慌ただしい毎日を送っている江子。富美は母親を手伝って、子供服を作った。子供たちは、実年齢より遥かに若く見える美しい富美を、「おねえちゃん」と慕った。全くお金を持たない江子は、いつも野良着姿である。延や隆之の給料は、亮吉がやたらと職人を入れて、家周りを増改築するだけでなく、庭師も出入りするようになったため、そのお代を払うとほとんど消えてしまうことがよくあった。亮吉は収入以上に金を使うので、延は貯金を取り崩すことがしばしばであった。富美がやってきて、清乃と一緒に仕立てたズボンやブラウスは、江子にとってほんの少しおしゃれができる大切な服であった。手に取り、「ありがとう」と、江子は何度も繰り返し富美にお礼を言った。母親の作る服と比べると見劣りするものなのにと、富美は恥ずかしくなるほどであった。

富美は豚の餌を煮る江子の手伝いをすることがあった。大きなかまどは、五右衛門風呂の釜専用の造りである。二人で、一斗バケツで十杯の水を汲んだ。僅かな坂でも、水の入ったバケツを運びながら歩くのは難儀である。富美は一杯ずつだが、江子は両手にバケツを下げる。新聞紙を丸め、杉の枯葉を寄せ、そこに細かい枝を載せて火をつける。富美が火をつける間に、江子は二十キロのふすまを担いできて、大釜に入れた。さらに、大豆を潰したアッペンを加えた。薪をくべ、釜の中が熱くなると、櫓のような大しゃもじを回すのも、だんだんと重くなっていく。ふすまの澱粉が加熱されて、粘りが出てくるのである。よいしょっという江子の掛け声も、深く低い声になっていく。そして、ぽろっと言葉が出てくる。

「富美ちゃん、ここは変な家だよ。亮吉じいさんは、どこで何をやっているのか分からない。この間、大事な人がいるから届けてくれと、刺身の皿を渡された。あそこの鍛冶屋まで持ってけって。ばあさんには絶対内緒だってからさ。行ってみてたまげたよ。女の人がいたんだ。延ばあさんは、何も知らないんだよ」

妻がありながら、別の女性を囲っている亮吉に、富美はまだ傷がいえぬ自分のかつての交際相手が重なった。江子はさらに続ける。

「あたい、ぐりっと言ったことがあるんだ。おじいさんに『止めてください』って言ったほうがいいよって。そしたら、延ばあさんは、『男の人にはよくあることです』って江子は余分なことに口を突っ込んだりしないで、親のためにもっと働きなさい』だってさ。清乃おばちゃんが来てから、笑うようになったけど、今まで笑う顔は見たことなかったもん。富美ちゃんも来てくれるから、うれしいよ」

話し相手がいるせいか、江子は溜まっていたことを次々出していく。富美は黙って相槌を繰り返す。

束の間の休日だが、江子の幼い子供たちと遊ぶことは、富美にとって楽しみでもあった。特に長女の博江は、好奇心旺盛で物覚えの良い子であったから、目にするものを次から次へ指さし、「何？　何？」と聞いてくる。歩くよりも早く言葉が出た子供である。おしゃべりが楽しくてたまらない。夕食の支度が整うまでの間に、今日見つけた虫の名前は何？と言って、その日見かけた虫の名前を、富美と博江は交互に挙げて遊んだ。キアゲハ・アオスジアゲハ・ジャノメチョウ・シオカラトンボ・ムギワラトンボ・オニヤンマ・アメンボ・ゲンゴロウ・ミヤマハンミョウ・カナブン・コクワガタ・カブトムシ・ヘッピリムシ……。

「ねえ、ひろちゃん、シオカラトンボとムギワラトンボの違い、知ってる？　これは雌雄で色と文様の違いがあるのよ」

富美の講義が始まる。博江にとって、富美はいつも知らないことを教えてくれる憧れの先生であり、姉のような存在であった。富美にとっても、江子の子供たちは年の離れた妹のように思え、可愛くてたまらなかった。

延と隆之が戻り、夕食を囲んでいるときに、数日ぶりに亮吉が帰宅した。延は玄関で膝をつき、お帰りなさいませ、と出迎える。江子は食卓から、「お先に頂いてます」と大きな声。富美の姿に気づいた亮吉が、茶の間に来て声を掛けた。

「おっ、今日はシスターが来ているな。お祈りもいいが、結婚して親孝行しないのか」

「いいえ、叔父様。私は神に仕える身。こうして今日を過ごせるだけで幸せです」

子供たちの声が賑やかな夕食の時間が過ぎていった。

埼玉へ

富美の弟である宏は、アメリカからコスタリカ、メキシコと長期の海外勤務が続き、いつ帰国して国内で暮らすことが出来るのか、全く当てがなかった。

ある時、亮吉は富美にこう言った。

「さんざん俺の持ってくる縁談を断ってきたが、それはもうどうでもいい。歳とっていく母親はどうするんだ。弟たちが、外国へ行ったり、まだ店を構えられないんだったら、お前が面倒を見るしかないだろう。修道院に入って、いったいどれだけ働いて、いくらの収入があって、生活費にどのくらいかかるのか、自分でわかっているのか」

生活を顧みず、さんざん遊びに金を使ってきた亮吉が言うにはおかしな話だが、確かに一理あった。富美の心配を言い得ていた。このまま心にわだかまりを抱えて、修道院生活を続けていいのかどうか。女手一つで育ててくれた母親を放っておいていいのか。富美は悩んでいるところだったのだ。

母親のことを思い、翌年、富美は千葉県と埼玉県の教員採用試験を受けた。筆記試験を終え、程なくして千葉県内の女子高校から電報を受け取った。面接試験を実施するので、来校されたしとのこと。この頃の高等学校教員採用は、筆記試験合格後、各学校の校長が送付された合格者名簿を閲覧し、直接面接試験を実施して、正式採用となる流れであった。同一校における勤務年数の上限もなかった時代である。初任で採用された学校で定年を迎える人もいた。

あなたは優秀だと、校長はさんざん褒めちぎった。家庭科教員なら良いのだが、理科は東京高等師範（現筑波大）出身の人を採用するから、他校を当たってみてくれ。希望する学校があるなら、紹介状を書こうという話で終わった。

市立高校を要する銚子市教育委員会にも、採用試験の筆記合格者名簿が届いた。公立学校の教職員採用試験は、県教育委員会が取りまとめて実施しているからである。富美の成績、経歴を見た銚子市教育委員会は、即、指導主事として採用したいと、その意向を県教育委員会に連絡した。県議になった亮吉には、県教育委員会で働く知人がいた。偶然その話を聞き、亮吉は驚いた。医大にも合格し、優秀だとは知っていたが、幼いころから知っている姪っ子である。ゆくゆくは、千葉県初の女性教育長となれる逸材であると、話題に上っているそうだ。校長になれるのは、帝国大学や東京高等師範出身者たちだ。その校長たちを束ねる立場になってほしいと、教育行政の重鎮たちが話しているということである。

そんな話が出ていたことを知らない富美は、埼玉県のある高校から面接試験の連絡を受けて赴いた。

「来てくれてありがとう。君は採用だよ」

会うなり校長の一言で面接試験は終了し、採用が内定した。千葉県内の学校から、このあと連絡があるかもしれないし、何よりも清乃と相談したいと思った富美は、母親が千葉に暮らしていること、お世話になった親戚がいる千葉県の採用試験も受験していることを正直に伝えた。すると校長は、千葉県の採用担当者に、埼玉県で働くことになった旨を伝えるから、何も心配しなくて良いと語った。

富美は、延のもとに身を寄せていた母のところに、就職試験の結果を報告するためにやってきた。当然、そこには亮吉がいる。わしの顔に泥を塗るような奴は勘当だと、烈火のごとく怒りをたぎらせて言い放った。一方、富美は落ち着いていた。

「叔父様、私は未来ある子供たちを育てるために、教師になります。教員の指導や管理をするために教職に就こうと考えたのではありません。叔父様が私を勘当するのは勝手ですが、延叔母様や江子ちゃんは、私にとって大切な人ですから時々遊びに参ります」

亮吉は、延の兄弟姉妹とその子供たちが羨ましかった。損得勘定抜きで、互いに信頼しあい、困ったときには助け合う人間がいることが羨ましかった。外語大で勉強していた宏には、新聞社で働いて海外で活躍してはどうかと、同郷の高石真五郎氏に引き合わせてみた。毎日新聞社の最高顧問で、記者時代にはハーグ密使事件をスクープした人物である。それなのに、自分の力で頑張ってみますと、宏は言った。そして、今は商社マンとして、世界中を回って商売をするようになった。目の前にいる富美も、背筋を伸ばし、信念をもって自分の足で歩いていこうとしている。妻の延には、頭が上がらない。生活が苦しく、小学校を出た後に暮らしのめどが立たない女の子を女中として雇い、生活の面倒をみていたこともある。戦時中に、突然、知人の子供の三人を疎開で預かった時も、延は嫌な顔をせずに献身的に世話をしていた。

第7章 娘たち

長女の入学式

亮吉は県議会議員となってから、交友関係が一気に広がっていった。江子にはわからないことばかりだった。以前にも増して、金遣いは荒くなり、金銭感覚は、世間のものとはすでにかけ離れたものになっていた。昭和三十年代の中頃、大卒の初任給は二万円前後であった。亮吉は五十万したぞと、買ってきたばかりの腕時計を自慢していた。このころは、物価も安かったし、地方においては金銭を持ち合わせていなくても、「もやい」や「ゆい」のつながりで、ある程度の暮らしが成り立つ時代でもあった。現在の経済状況と単純に比較できないし、優越感を味わいたいがために、実際の金額以上のものに見せようとしたのか知る由もないが、相当な金額の買い物をしていたことは、確かである。相変わらず大勢の職人が出入りして、家の増築だけでなく、庭造りに凝りだしていた。塀や門も構えた家になっていった。

ある日、職人たちが一服している時、植木屋の爺が庭に目をやりながら話し始めた。

「お江さん、わしは嬉しくてたまらないんだ。この庭造りは、一生で一番大きな仕事になるんだ。亮吉先生がこう言ったんだ。『余分な枝を切るだけなら、誰だって出来る。お前に庭を造ってもらいたいんだ。山を築き、水を引き、木を植える。季節ごとに目を和ませる庭を造るんだぞ』と。京都に行って勉強して来いって、汽車賃だけでなく小遣いまでつけてくれてよ。庭で有名な寺を廻って、そこで働いている庭師に声を掛けて、自分の身分を言って、教えてもらったよ。手伝いさせてくださいって言ってさ、教わったよ。お江さん、あそこの築山の向こうに坊主山が見えるだろ。東の空から、あの坊主山の向こうから月が出てくるんだ。手前の築山には、季節ごとに楽しめるように椿と梅、縁起物の松、池の脇には楓。秋には鮮やかに染まる。庭の外にある風景を借りる庭造りを『借景』と言うんだ。なんも知らない田舎の植木屋が、庭を造っているんだ。亮吉先生のおかげさ。京都で教わったことは財産じゃ」

他の職人たちの口からも、同様の言葉が出てくる。出入りしている職人たちから、学ぶことの多い毎日を江子は送っていた。

ある時、亮吉から何も話を聞いていないのに、木材が届いた。左官屋と大工が入って、台所と風呂場を作り直したばかりである。一通り作業が終わったはずなのに、また大工たちがやってきて木材に鉋をかけ始めている。今度は、檜の正目の柱である。大工や欄間造りの職人たちの話から、江子もそれなりに木材を見極められるようになっていた。これだけの立派な柱を使って何か建てるという話は、亮吉から聞いていない。どこでこの木を使うのだろうかと、大工たちに聞いてみたが、皆口を濁している。鉋をかけ、ほぞを刻んだ柱は、再びトラックに積まれて運び去られた。亮吉は何かを隠していた。しかし、亮吉が外で何をしていようと、余計なことは考えない。家族を守り、食べさせていくことが一番だからと、江子は自分に言い聞かせた。

昭和三十四年暮れ、長女博江は満六歳になり、翌年四月、花が咲くなか小学校に入学した。入学児童の事前健康診断は、延が連れて行った。だが、入学式は当然子供と一緒に行くものと考えていた矢先、延が切り出した。職人も来ているし、豚の餌やりもあるから、江子は家にいなさいと。入学式は、午前中で終わる。職人のお茶出しも魔法瓶にお湯を入れてわかる場所に置いておけば済むことだし、豚の餌やりも段取りをつけておけば、戻ってきてすぐにやることができる。そのつもりで準備していたのに、行かなくてよいと。いや、延の「行かなくてよい」は、「私が行くから、あなたは行ってはいけません」という意味である。延は江子の気持ちに気付かない。数年前まで働いていた楽しい思い出のある小学校に行きたい延である。そんな養母の気持ちを推し量り、江子は「入学式に行きたい」と言い出すことが出来なかった。入学式の朝、出かける延の髪を結い、着物を着つけた。そして、博江と延が手を繋いで学校へ向かう姿を見送った。帰宅した二人が、入学式の模様を話すのを聞きながら、江子は良かったねと、一言応える。延は、教科書やお道具箱に名前を書いていく。袋物は、母親だから縫っておくんだよ、と言って、夕食を終えた延は床についた。家族みんなが寝静まった頃、江子は裁縫箱の蓋を開け、体操服を入れる袋を縫い始めた。目元がにじみ、針目がなかなか通らなかった。

一週間たった頃、電話が鳴った。救急車を呼んで博江を搬送したので、至急病院へ行ってほしいとのことだった。

次女の病

長女博江は、医者から病気療養を優先するように言われ、入学後一週間しか通わず、翌年、小学校に入学しなおした。次女の幸江も体が弱かった。生まれたとき、華奢な小さな体に江子は驚いたほどだった。博江が保育所で感染症の病気をもらってくると、必ず幸江も病気になった。江子が直接子供の世話をする時間を持つことが出来た三歳ころまでは、時々熱が出ることがあっても、数日で治まっていた。三女が生まれ、亮吉が議員となる年に、延は孫の面倒を見るために早期退職をした。しかし、亮吉の演説原稿の下書きをしたり、代理として会合に顔を出したりすることも多くなり、増える来客の対応に人手が足りなくなって、住み込みの女中を雇うようになった。畑仕事や家畜の世話は、江子でなければ出来ない。江子は大家族の食料を確保するための外仕事で手一杯であった。だから、家の中の仕事は、延が監督をして、女中たちがこなしていた。延と女中たちが面倒を見るようになってからは、子供たちは外遊びをしなくなった。家の中で過ごす時間が増えるにつれて、病気も多くなっていくように江子は感じていた。

入学前の健康診断を幸江が受けたときのことである。お話ししたいことがあると、学校から連絡を受けた。もちろん、電話を受けたのは延である。学校生活を送るには、体力的に無理があるので、入学を一年遅らせるようにしてはどうか、という校医の所見が伝えられた。医者の助言に従い、幸江の入学を一年見合わせることにした。遅れて小学校に入った幸江だが、一年生の冬休み中に風邪をひいてしまった。

江子は朝暗いうちに、霜が降りる前に起き出し、牛舎へ向かう。亮吉が、豚より肉牛だと言ってから、江子は牛の世話をするようになっていた。家畜相手の江子の仕事は、一日たりとも休日は無い。十頭ほどの肥育牛に餌をやり、鶏小屋へ行く。それに加えて、正月は亮吉の後援会の人たちが年始に連日訪れる。三十人から百人近くの来客が、一月の間中ほぼ毎日やってくる。来客たちに振る舞う食材を確認し、埋けてある根菜類を取り出す。決まりきった朝の仕事だけで、二時間近くかかる。女中たちは、江子が起きてから一時間ほど経ってから起き、雨戸を開け、朝食の支度をする。江子は、人参や牛蒡を一輪車に乗せて勝手口に戻ってから、子供たちの朝食に合流するのである。慌ただしい食事の時間に子供たちは、「かあちゃん」と甘える。が、数分もしないうちに、再び畑に行き、ホウレン草や小松菜、長ネギなどの葉物野菜を採り、台所にいる女中に渡す。それから牛舎の掃除となる。その朝の忙しい時間の合間にも、「お江、メガネはどこだ？」「薬はどこにあるんだ？」「昨日の書類はどこにしまったんだ？」「金庫の番号はいくつだ？」と、亮吉と延は事あるごとに江子を呼び出す。女中たちも、皿やお椀が足りないと言っては、江子を呼んで蔵から出してもらう毎日である。

幸江の体調が優れなくなってから、江子はずっと気になっていた。様子を見に行きたいのだが、暇がなかった。畑から母屋に戻っても、勝手口から幸江のいる部屋まで行く時間がなかった。幸江以外の子供たちは、七輪にかけた大鍋の燗酒の番をしながら、台所でつまみ食いをし、時に、牛舎に逃げ込んだり、裏山から氷柱をとってきたりして遊んで過ごしていた。しかし、幸江は一人で寝ていた。酒を飲んで歌い騒ぐ客人の声が聞こえてくる西側の四畳半で。

一向に具合が良くならない幸江の様子を心配した延は、来客の応対の合間に、四畳半の部屋を覗いてみた。不気味な咳と呼吸するたびに奇妙な音が出ている。尋常でない気配を感じて、すぐに医者を呼んだ。病人がいると知れると縁起が悪いので、白衣を着用しないで往診をお願いしたいと、延は頼んだ。宴席で盛り上がっている酔客の広間を避けて、医者は四畳半に入った。一刻を争う事態になっていることは、疑いの余地もない。病院への輸送に耐えうるだけの体力が残っているかどうかという不安がよぎった。正月の休み中で、病院の対応が十分にとれるかどうかも心配であった。後援会や地元の支持者たちがやってきて、年始挨拶を繰り広げているこの家庭の事情もある。医者の頭に様々なことが浮かんだが、出来るだけのことをやりますと、短く言った。午後には、大きな酸素ボンベが運び込まれ、幸江の寝床には、酸素テントが設置された。

夜になって、江子は外から上がってきた。休む間もなく働いて、明朝の餌の準備を牛舎で終えて家に上がるのは、午後七時から八時である。正月のこの季節には、来客の片づけが終わらない女中たちと一緒に、洗いものをしたり、翌日のために煮物の下ごしらえの台所仕事も待っている。いつもと同じように戻ってきた江子に、延は苛立っていた。

「母親なら、子供の様子が変だって、一番最初に気づくはずなのに、あんたは一体何してるの」

子供のことを心配して、一緒にいたいと誰よりも強く願っているのは、江子である。しかし、この家の事情がそれを許さないのである。子供と遊んでいると、馬鹿げたことをやるんじゃない、子供の教育に良くないと説教を始めるのは、延である。牛を始めるぞと亮吉は言い出したが、その世話をするのは江子である。江子のほかに、この家で牛を引けるものはいない。大勢の職人や来客の食事を用意するために、一丁歩を超える田畑を耕しているのも江子である。江子のほかに、田んぼに入って農作業をやれる者はいない。延は鶏に餌をやることすら、怖がって出来ないのだから、江子が外仕事をやるしかないのである。子供のそばにいたくてもそうさせてくれないのに、子供の面倒をみない母親と扱われる矛盾。しかも、それを口に出して言うことは、絶対に許されない。

医者は、日に三度の往診を開始した。朝は、診療所での診察を開始する前に、お昼には午後の診察を開始する前に、そしてすべての診察を終えてから、往診鞄を携えてやってきた。四畳半の病室は、関係者以外立ち入り禁止となり、延と江子と食事を運ぶ女中だけの出入りとなった。日中は屋外で汚れる仕事をしている江子が、病室に入って面倒をみるのは夜間である。外から上がり着替えてから、幸江のいる四畳半で夜を過ごす。酸素ボンベの目盛りを確認し、途切れ途切れの呼気の音を聞きながら、体を横にする。明け方には、今夜もこの子の呼吸音を聞くことが出来ますようにと、祈って部屋を後にしていた。

日に三度の往診が一回になり、酸素テントが外せるようになるまで、一カ月間かかった。そのあとも酸素ボンベに頼る日々はずっと続いた。最終的に酸素ボンベが外れ、通常の食事をし、体力を回復して家の中を歩けるようになるまでには、さらに二カ月を要した。やっと登校したその日は、すでに年度も変わり、新緑を迎える五月になっていた。

幸江の闘病中に、沢山のお見舞いが届いた。就任して間もない県知事友納武人氏や、亮吉が「親父」と慕う派閥の長である国務大臣川島正次郎氏からの包みもあった。食べたことはおろか、見たこともない外国のフルーツが幸江のいる四畳半の前に並んだ。幸江が肺炎になった昭和三十八年に自由化されたばかりのバナナは、まだ高級品の扱いであった。多くの南国フルーツは高い関税がかかる贅沢品であった。しかしながら、肝心な幸江は僅かばかりの白湯を吸い口からとり、スプーンで運ばれる重湯をなめるだけであった。並んだ贈答品の果物は傷みはじめ、他の子供たちのおやつとなった。

母タキの死

昭和三十九年、日本中が東京オリンピックで浮かれていた。闘病生活を終えた次女も無事に通学できるようになった。三女の静江は保育所に通うことになっていた。ところが、どこも具合が悪いところはないのに、保育所に行くのを嫌がる。入所式の後、三日か四日通ったら、「今日はお休み」と言って勝手に休日を設定した。まあ、いいかと思っていたら、次の日も、その次の日も休んだ。友達がやってきてしぶしぶ出かけたときもあるが、また休みを繰り返していた。

保育所は完全給食ではなく、白飯は各自で持参することになっていた。おかずは、用務員と当番の保護者が手伝って作っていた。江子は田畑と牛の世話だけでなく、物忘れが多くなっている延の探し物に付き合うことが増えていた。以前にもまして、家を離れることが出来なくなっていた。延は長らく教員をやっていたから、人前ではまっとうなことを喋るが、実際はなにひとつ自分で出来ないのである。女中が作った料理の味付けに、必ず何かしら言うのだが、台所仕事をまともにしたことがない。一番の苦手は、掃除、片づけであった。どこに何があるのか、自分で把握できなかったし、万が一、誰かが片づけをしてしまうと、皆目見当がつかなくなってしまうのだった。必ず、「お江」と呼ぶ始末である。だから、保育所のお昼当番の話が出たとき、江子なしでは何も進まないことがわかっているので、これは女中に頼めばいいことだねと、言ったのである。

当時の保育所は、今では想像が出来ないほど酷かった。七十数名の園児に対して、保育士二人、用務員一人、週に一回やってくる所長。以上が職員のすべてであった。十一名の年中者に一人の保育士が、残りの六十名を超える年長の園児に対応するのがもう一人の保育士であった。登所するなり「もっと大きな声でご挨拶！」と怒鳴られながら、挨拶の歌を繰り返し歌わされる園児たち。全員が揃うまでやりますと言われても、六十余名の五歳児が揃って何かをすること自体、無理難題である。園庭も狭かった。実際は、十分な広さの園庭がある保育所であったが、勝手気ままに畑や牛舎で遊んでいた毎日から、限られた範囲で、限られた時間しか外に出て遊ぶことが出来なくなれば、静江にとって苦痛以外のなにものでもない。

保護者の給食当番に当たっている日、静江は例によってずる休みを決め込んでいた。江子は、女中に、すまない、申し訳ないと何度も頭を下げ、保育所に行ってもらった。今日の給食はおいしかったよ、可愛い子達と遊んだよと、戻ってきた女中は、聞こえよがしに言ってみたが、静江はふーんと答えるだけだった。

ずる休みはいつものことで慣れている江子であったが、共進会の朝は困ってしまった。共進会とは、畜産関係者が集い、生産技術を披露する場である。そのあとには、出品された生産物、すなわち牛が競りにかけられて出荷される。共進会で高い評価を得て受賞でもすれば、競りの値段は思っていた以上に高くつく。出品する牛には、太らせて肉質をよくするために、特別な配合で餌を与え、運動も計画的に取り入れる。血行を良くし毛並みが黒光りするようにと、ブラッシングも欠かさない。江子も博労に教わり、最後の仕上げに黒ゴマを練ったペーストをポマード代わりにして、牛を磨き上げた。化粧まわしを思わせる牛用の馬着ならぬ牛着を用意し、当日の朝を迎えた。牛をトラックに乗せ、博労と一緒に出掛けるその時になって、この子を何とかしてくれと、延は静江を連れてきた。保育所に行かない、牛と一緒に行くんだと言って、大泣きしている。よりによってこんなに大事な日に、何で騒ぐのと江子は半ば呆れてしまった。しかし、牛小屋で遊んでいる静江は、自分の可愛がっている牛が共進会で賞をとれるのかどうか、自分の目で確かめたい気持ちでいっぱいだった。延には、それが理解できない。牛を会場まで運ばなくてはいけない時間になっている。江子は連れて行くことにした。

階段状の観客席の中央には、柵に囲まれた丸い砂地のステージがある。最前列の一角に審査員席があった。採点用紙を載せたボードを手に、白衣と長靴姿の審査員は、中央のステージの牛を囲み、審査していく。博労にひかれて江子の牛が入ってきた。思った以上の良い結果に江子は、にんまりした。その後の競りでも、納得のいく値段で取引が出来た。荷台が空っぽのトラックが出ようとするとき、静江はなぜいないの、と聞いてきた。肉になるという経済動物のさだめを話すと、しくしくと泣き始めた。何とかしようと思った博労は、ハンドルを握りながら江子に県庁を廻って帰りましょうと提案した。その日は、聖火が県内を回り、県庁で点火する日であった。泣いていた静江は、人の波の中を駆け抜けていく聖火に大喜びした。その日の晩は、すき焼きでお祝いした。静江も他の子供たちも、競って肉をつついた。あれだけ泣いていたのに、美味しいものは美味しいと正直な反応である。

数週間後、秋も深まった十一月のある日、江子の生家から電話がかかってきた。江子の兄からであった。母タキの具合が悪いから、一度入院先に見舞いに来てほしいとのことだった。三年前に四女を出産した際に、もう歳だから来られないよと言ったが、一度だけ諏訪神社の秋祭りに顔を出し、江子と二人で太巻き寿司を巻いた。それまでは、子供たちの節句に加え、春秋の祭りに来ていたのだが、この二年は会う機会が全くなかった。すぐにでも見舞いに行きたかったが、例によって江子はなかなか外出の時間が取れなかった。手術の日程が決まった。延もその日はそばに付き添ってあげなさいと、江子を送り出した。タキは、末期の大腸がんであった。高齢者にとっては、体力の消耗が大きい手術と、がんを温存しながら痛みを緩和する治療と、どちらが有効であるのかを検討して治療方針を決める時代ではなかった。放射線治療や温存療法などが確立されていなかったころ、がんは切除するしか選択肢がなかった。

江子がバスを乗り継いで千葉市内の大学病院に着いた時には、タキはすでに麻酔で眠っていた。手術室に運ばれていく姿を見送り、八時間にも及ぶ手術の間、無事をひたすら祈った。我慢強いタキは、多少の不調はたいしたことではないと、我慢し続けた。苦しいそぶりを見せず、大丈夫と繰り返していたので、近所の開業医は判断を誤った。気づけば、取り返しのつかないほどの状態になっていたのである。手術中のランプが消え、医師が出てきた。ごく近しい方だけにお話がありますと看護師に促されて、江子は兄と弟と一緒に医師の前に座った。がんの切除自体は成功裏に終わったが、転移しているだろうこと、手術後に順調な体力回復となるかどうか、予断を許さないことを伝えた。病室に戻ったタキは、まだ麻酔が覚めず、こんこんと眠っていた。一週間後、江子は再び病院を訪れた。意識は戻り、江子の顔を見てかすかにほほ笑んだ表情が見られた。しかし、まだ何も食べられない状態が続いている。小さなスプーン一匙の白湯をタキの口に運んだ。タキと一緒に過ごした日々が、江子の脳裏に蘇る。豆腐作りの傍ら、にがりを入れて柔らかな塊になりかけたところを、すくって食べたときの温かなのど越しと豆の香り。大家族のおやつにと、うるち米で棒餅をついたこと。子供が生まれてからは、毎年孫の分だと言って、天日にさらした棒餅をたくさん送ってきてくれた。タキは、嫁いだばかりの頃、舅姑だけでなく夫の弟と妹の面倒も見なければならなかった。江子の姉たちが、夫の戦死や離縁で戻ってきたときも、いつもと変わらず「おかえり」と迎えたタキ。江子の出産のときには、半年もそばにいてくれた。母親の苦労が今の江子には、痛いほどわかる。江子の訪れた翌日、タキは一人で醒めぬ眠りについた。

第8章　富美の教員生活

富美の教師生活

昭和三十五年四月、三十二歳になった富美は、埼玉県で高校教員として再び教壇に立った。赴任先の高等学校は、旧制中学からの歴史を持つ男子校で、県内きっての進学校である。女性職員は、音楽の教員と事務職員と用務員の三人。総勢六十名のうち、僅か三名であった。そこに、富美がやってきたわけである。女性教員が多い小学校と違って、昭和の頃の高等学校の職場は、圧倒的に男性優位の組織集団であった。

理科の教員免許を持っているが、専門の生物でなく化学を担当してほしいと、理科の教科主任の意向を教頭が伝えた。校務分掌は生徒指導部。問題行動を起こす生徒などいないし、たとえ何か発生しても男性教員が対処に当たるから、女性は何もしなくてよいという配慮、いや、女性は出来ないという無意識下の心理が働く校内人事であった。富美にとっては、生物であろうが、化学であろうが、関係なかった。生徒に疑問を投げかけ、実証し、考察していく過程が楽しくてたまらないのだから。古き良き伝統を持つ学校ゆえ、教師を信頼し、授業内容はその裁量にまかされている部分が大きかった。当時は戦時の思想統制の反省もあり、学習指導要領の縛りもゆるく、詳細については、各学校の実情や担当者の意向を踏まえた形で行うことが許されていた。ほかの教員が実験を面倒がるのに対し、富美は積極的に行った。時間に制約のない独身だから、遅くまで残って、翌日の実験準備をすることも苦にならない。それどころか、生徒が楽しみ、驚く顔を見るのが、富美にとって喜びである。だが、職員室のなかでは、男性社会の論理に合わせる疲れも感じていた。気持ちを切り替えて、心を平静に保つ場所が欲しくて、学生時代にたしなんだ茶道を再び始めた。

翌年、専門とする生物を担当することになり、職員室の大部屋から生物準備室へ机を動かすことが出来た。誰にも遠慮することなく、部屋を使えるようになった。校務分掌では、希望を出した生徒会担当となった。生徒会の担当職員は、非常に微妙な立場である。生徒の自由な発想を生かし、学校行事や部活動、委員会活動等を主体的に活動できるよう中枢となって組織的に支援していく。具体的には、四月の入学式後のオリエンテーションでの生徒会・部活動紹介がある。最も重要な行事の一つである生徒会総会は、通常五月から六月初旬に開催される。生徒会総会の前には、前年度の事業報告と該当年度の行事案を作成する必要がある。そして、生徒会予算案を用意しなくてはいけない。各部活動や委員会の希望を聞き、調整して案を練るのだが、それぞれの計画や思惑があり、大変な労力を要する。予算の配分とその管理は、厳正に行われなければならない。また、生徒会の会則や校則に対する要望も、生徒の意見をまとめて、提案していく。体育祭、文化祭という大きな学校行事も生徒会が中心となって運営される。合唱コンクール、百人一首大会、地域交流等の小規模な活動もある。一年を通して絶えず、途切れることなく重層的に仕事をこなしていかなくてはならない。生徒と直接関わり、彼らが主体的に活動できるように支えていくのが仕事である。一方、時として、学校の教育活動の枠組みに抵触する、あるいは、それを逸脱するようなアイディアや計画が上がってくることもある。生徒会顧問は、双方の間で、その調整手腕が試される。

女なんかにできやしないだろうから、とりあえず当てておこう、困ることがあったら男の出番だから、と考えるものがいたのかもしれない。あるいは、面倒なことは誰かに回してしまおうという考えがあったのか。それは定かでないが、希望者のいない生徒会顧問の仕事に、富美は自ら手を挙げたのだから、当然のことであるが、待ち望んだ生徒会の仕事を任された。戦後の民主主義の追い風もあった。既成の概念や価値観に遠慮せずに、ものを申すことが許される時代になり、生徒会活動は活発になっていった。生徒会役員の面々は、行事のたびに助言を求めて富美のもとにやってきた。

富美の人柄を慕って集まってくるのは、生徒会の役員だけではない。医学・薬学を目指す生徒たちは、生物と化学の受験勉強をするために、富美の生物準備室を頻繁に訪れた。また、こんなこともあった。卒業式後に、持ち帰るべき運動靴が、下足箱にそのままになっていることに気づいた生徒から、「もったいない」の一言がでた。傷んでいない運動靴を洗って、富美の通っている教会を通して、途上国へ送るボランティア活動へつながった。そして、茶道は元来、「武士のたしなみである」と話したことから、男子校であるが、茶道部の活動が始まった。悩みの多い十代の生徒たちのために、静かに心を見つめる時間と場所を用意するとともに、富美自身の茶道のお稽古の場となった。四畳半の世界で、膝を並べて、茶の香りのなかで語り合った。平安の頃、海を渡って唐からやって来た茶の旅を、室町の頃の武野紹鴎、千利休、高山右近の生き方を。掛け軸の漢詩から古人の知恵を学び、先人達と時空を超えて話をした。お道具を手に取っては、日本各地の伝統技術の繊細な技と美しさを堪能した。床の間の茶花は、野に咲く四季折々のものを手折っては活けた。

富美は、この三年後に茶道師範の免許状を取得した。後に、文部省の教育視察派遣団として海外を訪れたときにも、埼玉県の国際交流会での呈茶など、日本文化を紹介する機会も得ることになった。

学園紛争

しかしながら、富美の教員生活にも荒波が押し寄せていた。昭和三十五年、ちょうど富美が埼玉県で教員となった年は、日米安全保障条約の改定を迎える時で、反対運動が活発化していた。この安保闘争の運動で、東京大学の樺美智子という学生が機動隊とのもみあいの中で死亡したニュースは、日本中に衝撃を与えた。安保闘争後、一旦学生運動は下火となったが、昭和四十年代に入る頃、ベトナム戦争反対の主張を通して、再び学生運動が起こり始めた。昭和四十三年には、ヘルメットにゲバ棒を持つ多くの学生が参加する運動となり、東大闘争、全共闘へ広がった。東京大学の歴史の中で入学試験が実施できなかった年として、記録されることになった。また、同年の日大闘争は、大学当局の腐敗から端を発したことがきっかけであった。警察側も学生側に一理あるとして穏便に対応していたが、校舎の四階から落とされたコンクリートで機動隊員が亡くなってしまった。それからは、強硬策をとるようになり、衝突は激しさを増していった。連日、テレビのニュースでは学生と機動隊の衝突が流れ、東大の安田講堂が占拠されたと報じられていた。日本の将来を担う若者たちの挙動を、人びとは固唾をのんで見入っていた。

大学を舞台に繰り広げられた闘争は、全国の高校へも波及していった。特に旧制中学以来の伝統ある進学校において、激しい学生運動が繰り広げられるようになった。私立でも灘校や麻布高校といったそうそうたる学校で紛争が発生した。富美の勤める高校も例外ではなかった。戦後まもなくの頃、富美が教鞭をとる十余年前の話であるが、革命家養成を目的に、傘下の学生同盟に高校班を設置し、活動を始めた政党があったため、ＧＨＱから「学校における政治活動禁止」の通達が出た。そのとき活動していた在籍生徒の一人が退学処分となる事件が、富美の勤務校では発生していた。

東西冷戦時代において、米国の支配下にある日本は、安保闘争に対する学生運動を放置することはできなかったのである。安保闘争の後、全学連（全日本学生自治会総連合）の下部組織として「安保改定阻止高校生会議」、「平和と民主主義を守る高校生協議会」等が組織された。社会主義を目指す青年同盟の流れを汲む活動家の生徒が、富美の勤務校にも在籍していた。具体的にどのようなつながりが外部団体とあったのか定かではないが、そういった生徒が役員に立候補し、生徒会行事の運営に関わるようになっていた。当時、多くの高校で共通する要求は、生徒の自治であった。入学式・卒業式などを生徒主体となるように運営を生徒に任せること、体育祭・文化祭の行事には教職員が一切の介入をしないこと、そして制服廃止であった。

学校生活において「生徒主体」であることに異論はない。しかし、在籍の管理、単位認定等、教育課程上の必須事項を行う責務があり、その認定を有するのは生徒ではなく、設置者である。体育祭・文化祭等の諸行事において、限りある施設・設備の利用にあたって、安全を確保するための注意事項伝達や調整は、設置者の責務であり任務である。生徒側は、そのことを十分理解していない、または納得できるやり方ではないという不満を持っていた。既成のものには、まずＮＯと否定する社会的背景に囲まれて育った若者たちは、学校側が決めたということ自体に、不満があったのだろう。その不満を一気に、当時の抗議活動に倣って、紛争行為で突き付けてきたわけである。

文化祭前には、出店や展示発表を巡って、熱い戦いのような議論が連日続いた。生徒会役員の意見を、富美は職員会議で伝えた。すると、教員たちは、そんなことは許されぬと、口角泡を飛ばして富美に反論する。生徒の意見や要求を理解し、教職員側からの歩み寄りが必要なこともある。解決に向けて、より良い方向を探そうと思案する富美は、両者の狭間に立たされた。挙句の果てに、生徒会顧問がしっかりしないから、学校が紛争で荒れる事態になったんだと、会議の席で富美を糾弾する発言もでた。

紆余曲折を経ながらも、昭和四十四年十月、例年通りの文化祭開催にこぎつけた。しかしながら、学校側と対立した生徒は、無断で校内に大量の立て看板を設置した。校内民主化だけでなく、ベトナム戦争反対、三里塚闘争の成田空港反対など、明らかに外部の団体によるものだと判断できるような看板が持ち込まれていた。一般客の校内入場の時刻が近づくと、デモ行進が発生した。デモ隊の後方には、在学生の姿も交じっている。しかし、先頭に立つものは、ヘルメットをかぶり、手ぬぐいで頬から鼻と口を覆い、在学生なのかどうか判断がつかない。暴動行為になって死傷者が出ては大変だからと、学校は来客者に帰宅を促した。警察に連絡を取り、校門の外では機動隊が待機した。急遽、文化祭を中止にした一連のこの行為は、活動家生徒の態度をさらに硬直させることになった。

生徒会役員とその活動に賛同する生徒が、その晩、校舎内に立てこもった。当初は多くの生徒がいたが、保護者が迎えに来たり、予備校の授業に出たいからと、帰宅したりするものもいた。しかし、二十名弱の生徒が、生徒会室で夜を明かした。学校の管理責任者である校長と生徒会顧問の富美は、校長室で話し合いを続けたが、平行線のままであった。文化祭の翌日は代休となるはずだったが、急遽、臨時休校という対応で、幹部の生徒達との話し合いが続いた。生徒たちが登校できる状態に戻そうと、その点だけは双方で合意できた。立てこもっていた生徒たちが帰宅した後、校内を見回り、施錠して帰途につくころには、空は明るくなり始めていた。自宅に戻った富美はシャワーを浴びて着替えると、その足でまた学校へ向かった。機動隊の要請、文化祭中止に対する不満は、一部の活動家生徒だけでなく、多くの生徒の反感を買うことになった。この事態を受けて、学校側は「反省と決意」を表明したが、事態は収拾がつかず、校内は一触即発の緊張した空気が充満していた。表面上、紛争は収まったものの、教師と生徒の信頼関係は、土台から崩れていった。

翌年の校務分掌希望を問われたとき、富美は引き続き生徒会顧問を希望した。どのような状況でも、生徒と話し合うチャンネルを持って粘り強く真摯に対応する富美を、校長は高く評価していた。校内人事が発表されたとき、あれほどの状況を招いた担当者をなぜ継続させるのかと、いきり立ってまくし立てる教員がいた。富美は穏やかに、しっかりと応えた。

「『我は』と思う方がいらっしゃるのでしたら、お願いします。生徒会顧問として、この混乱状況をそのまま投げ出すのでなく、正常な生徒会活動のできる学校にしていきたいと考えています。ですから、私は顧問を希望しております。『是非、生徒会顧問を』とご希望の方がいましたら、ご協力ください」

火中の栗を拾うものなど皆無である。富美は引き続き、生徒と教職員の間に立つことになった。

政治活動、破壊活動に対して、学校側は退学処分や誓約書の提出などを求めるような厳格な対応をとるようになった。校内での暴力的活動は収まってきたが、大学生たちが組織している全共闘のデモに参加して、検挙された生徒がいた。保護者の提出する退学願を、富美は受け取った。書面には「一身上の都合」と記載されるのみで、詳細を語らない。受け取る富美も尋ねることはしない。

検挙された高校生は、釈放されることもあるが、少年鑑別所送りとなる場合もある。進学校に通う高校生の多くは、裕福で教養のある家庭で育ち、知的好奇心も高い。若さゆえ理想のみを語り、現実と乖離した活動の果てに、送られた鑑別所暮らしのギャップに耐えられないこともある。誰にも知られずに命を絶つものもいた。富美のもとに届いた鑑別所からの一枚の葉書は、重かった。

教育相談へ

高校時代は、一生のうちで最も悩み、もがき苦しむ時期でもある。自分の存在を認めてもらえず、進み行く先に渦巻く暗闇に飲み込まれそうになって助けを求める者がいる。怒りのエネルギーの昇華方法が分からず、進む方向を見失ってしまうものもいる。その心の内が、富美には痛いほどわかる。ペスタロッチの教育の礎が示すように、「頭・手・心」が調和した健全な教育が実践されるには、どうしたら良いのだろうか。「頭」は、知育・知識を、「手」は身体を用いた活動である。今日の体育の授業だけでなく職業・技能教育も含む。「心」とは徳育である。この素朴な原点を忘れがちになっている実情に、富美はため息をつく。進学校ゆえからかもしれないが、勤務校は知識の伝達、すなわち「頭」の部分のみである。だから「心」に変調をきたすものがいるのではないか。学園紛争を経て、学校側の管理体制は厳しくなっていった。がんじがらめに縛られた教育システムの中で立ち往生し、外へ踏み出すことができない。そんな行き先を失っている若者を受け入れる場所が必要だと、県教委に箴言した。

一九六〇年代の学生運動から、校内の抗議活動などで正常な教育活動に支障をきたすことがないように、多くの高校では生徒会活動を、生徒指導部の校務分掌で指導にあたるという位置づけになっていた。学校生活の規律を守るための指導に当たるという視点から、生徒会活動の指導を行うわけである。少なくとも、この方法は学校現場の秩序回復という点では、功を奏した。生徒総会、文化祭、体育祭という学校行事に便乗した破壊行為・暴力行為は激減したからである。生徒会は、行き過ぎた活動を規制する生徒指導部と協議して行事計画案を作成するようになった。双方が協力し合うという側面がある一方で、この指導方法は検閲が生じていることも忘れてはならない。富美から、見えない縛りに囚われている「心」の教育を取り戻すための提案を受けた県教委の担当者は、生徒の対応なら、生徒指導部の仕事の一つとして声を聴くという項目を入れればよいことでしょう、との認識を示した。

生徒指導部は、生徒の行き過ぎた言動に「ノー」というのが役割である。目に余る行為に対処することは出来るが、心のうちの見えないものに対しての指導や助言は難しい。自傷行為に悩む生徒が、どれほど深刻なのか理解出来ず、「冗談を言うな」と助言者が門前払いをしてしまったらどうなるだろうか。見えないものを見るには、見ようとする目を持たなければならない。自傷行為に至る原因が解消されなければ、自傷行為をやめることはできない。不用意な、相手を否定するような一言が、取り返しのつかないことになる。生徒指導部の仕事と、教育相談業務は相容れないものだ、と富美は主張を曲げなかった。県教委の担当者も、県内随一の進学校で起こった学園紛争を終息へ導いたのが、富美であると知っている。この人の言うことを疎かに扱ってはいけないと承知しているから、富美の案を一時預かりとし、検討すると約束した。こうして埼玉県における教育相談の取り組みが始まった。

富美は、各校に教育相談の担当者をおくこと、さらに、県として、教育相談を行う施設の設置を要望した。相談内容を他人に知られたくないという生徒がいる。家族のプライバシーや通学している学校の教員とのトラブルなどは、当事者のいる現場では相談できないという事情もある。該当者の耳に、確証のとれていない不確かな情報が入ると、体裁や面子を気にして、さらに解決が困難になることが多々ある。

後日、教育長に呼ばれて県教委に赴いた富美は、教育相談の重要性を力説した。教育相談の概念すらまだなかった昭和四十年代であった。教育長が直々に提案する事業として、教育相談センター開設へ向けて動き出すことを確約してくれた。しかし、そのためには予算が必要である。教育相談センター設置を県議会に提出し、承認を得て、予算配分の裏付けがないと事業は進まない。富美は、議会に提出する原案作成に加わることになり、教育委員会の執務室の一角に机が用意された。午前中の授業を終えると、たびたび委員会へ行き、県議会に向けた議案作成を手伝うようになった。センター開設に向けて、母校のお茶の水女子大学を訪れて、教育学、心理学の担当教授と連絡を取り、相談員確保のために動き出した。こうして、教育相談業務が具体的にスタートした。

富美が埼玉県で教育相談事業を開始したころ、スクールカウンセラーについての理解は、教育関係者のなかでも皆無に等しかった。一九七〇年代の終わりごろに、徐々にアメリカでのスクールカウンセラー事業が伝えられ、理解されるようになってきたものの、実際に事業が展開されるまでにはかなり時間がかかった。旧文部省が一九九五年に取り組み始める教育相談の試みは、二〇〇一年から「スクールカウンセラー活用事業」となり、全国の公立中学校へのカウンセラーの配置・派遣が加速度的に始まった。遅々として進まなかったカウンセラー事業が一気に動き出した背景には、一九九七（平成九）年に神戸市で起こった事件が背景にある。この神戸連続児童殺害事件の被疑者として逮捕されたのは、わずか十四歳の少年であった。世間を震撼させた犯人である少年の心の闇を探るため、そして、同じような事件が再び起こらないようにするためには、不安定な十代の青少年の心に寄り添うアプローチが必要であるとの認識から、中学生を対象にスクールカウンセラーの配置・派遣が導入された。今では、すべての小中高の公立学校で心理の専門職であるカウンセラーと相談できる体制になっている。

富美の働きぶりを目の当たりにした教育長は、富美に指導主事として教員の指導に当たるか、校長として学校経営で手腕を発揮してほしいと伝えた。その後も、数年間にわたって管理職への道を打診されたが、富美は固辞し続けた。

富美が管理職になることを勧められながらも固辞したのには、理由があった。富美の周辺でそのような話が出ていた昭和四十年代、東金市の大方に暮らす富美より十歳ほど年上の従姉で、女性として校長職に就いた人物がいた。しかし、校長となった翌年に、定年まで五年余りあるというのに退職してしまったのである。女の下では働けないという男性職員からの突き上げで、心身ともに疲れ果てて、退職を選択せざるを得なくなってしまったのである。既得権と保身で動く男たちを相手にするのは、富美にとって嫌でたまらなかった。変革しながら成長する若者と共に過ごすことが何よりの楽しみだったし、母を支えて女二人が暮らしていくためには、ずっと仕事を続けていかなければならなかった。変調をきたすほどやつれてしまったという便りが、人ごとに思えなかった。

第9章　江子の次女

養父の別宅

大工たちがほぞを刻んだ柱を持って行った先は、千葉市浪花町であった。地価が安く都心に通勤できる場所として、市川から千葉にかけて宅地が造成されていた時期であった。新検見川駅近くの新興住宅地の一角に手ごろな物件があったので、亮吉はそこに事務所を構えたと言った。議会が遅くなることもあるし、顧問となっている東京の会社にも時々顔を出すことを考えると、千葉市内に事務所があると都合が良いという理由である。

しかし、自在に使える車があるし、新しく雇った運転手は近所に住む百姓の息子である。朝早くても、夜遅くても、何一つ愚痴らしいことを言わず、ハンドルを握る男である。

「今日は疲れたので、事務所に泊まるそうです。お荷物だけ届けておくように言われました」

運転手は亮吉の帰りを待つ延に風呂敷包みを渡して、夜道を歩いて帰る。運転手の自宅は、亮吉の住まいと目と鼻の先である。主のいない車を運転し、荷物を渡して、そこから五分ほど歩いて帰って行くわけである。そして翌朝、亮吉の仕事に合わせて、また千葉市内まで運転していくことが度々ある。「疲れた」とか「遅くなったから」というが、事務所で食事はどうしているのだろうか。あの亮吉が自分でやるとは、思えない。延は、心配して尋ねてみた。大丈夫だ、出前でもとればいいことだからと、腑に落ちない受け答えをするのみである。こんなやり取りが数回あってから、事務所には電話番を兼ねた女中がいると、亮吉は延に話した。

事務所にいる女中は、亮吉の自宅の隣町にある旅館で働いていた女だった。この女は、九十九里の漁師町の生まれで、網元の下で働く網子を父に持つ。歳の離れた姉二人を持つ三人姉妹の末っ子であった。漁の仕事は、捕れたものによって収入に浮き沈みがあるが、子供時代を過ごした昭和十年代の前半は、そこそこに裕福な暮らしぶりであったようだ。危険と隣り合わせ故、江戸っ子ではないが、宵越しの金をあまり持たないのが、漁師一家の暮らしである。大漁のときには後先を考えずに金を使うのは、いつものことである。しかし、太平洋戦争に突入し、多くの男たちが戦場へ向かうようになって、思うように漁が出来なくなってから、その斜陽ぶりは目に余るものがあった。網元も、多くの網子も戦場から帰ってこなかった。一家を支えるために、女の姉は芸者として働きに出た。そして、小学校を終えると同時に、この女は旅館へ奉公に出たのだった。小さな田舎町とはいえ、戦後の混乱期に闇市で一儲けしたものや、時代の風を利して富を得たものが、耐久生活の反動もあったのだろうが、夜な夜な派手な宴をもうけるようになっていた。煌びやかな衣装を身にまとった芸者が、戯れる男達の相手をしている。きれいな着物を着て、唄って踊るだけでお金が手に入り、暮らしていけることを、羨ましく思った。育った家の乱暴な漁師言葉を使うのをやめ、芸者の話し方や所作を観察しては、人のいないところで真似てみた。節回しをつけて聞いた長唄を繰り返し、踊りの真似事をしながら、いつの日か綺麗な着物を着て、お金に苦労しない暮らしをすることを夢見ていた。

ある時、亮吉は芸者遊びをしている体裁をとりながら、賭け事をやっていた。当然ながら、これは違法行為である。相場で儲けた金を選挙資金に回していたが、それだけでは足りなかった。どうやら、この女はその時のいきさつを知っている人物だと、江子は確信した。亮吉の口から出てくる言葉から、何一つはっきりと確証に値するものはない。しかし、結婚披露宴を前に亮吉が消えてしまったこと、戻ってきてから一切賭け事をしないと宣言し、政治活動を始めたことなど、すべてがつながった。政治活動と表向きは言っているが、亮吉の選挙に対する様子は、住民の投票がどちらの側に出るのかという、賭けの一つのようだと、江子は常々感じていた。選挙をめぐる捜査で参考人として取り調べを受けた際、この女から証言をとることが出来ず、立件されずに済んだらしいと、読み取れた。もちろん、取り調べで最後まで口を割らずに過ごしたのは、女にもそれなりの計算があってのことである。芸者が足を洗うには、養ってくれる旦那がいなくてはならない。この女も同様で、奉公先の旅館の旦那に話をつけて、亮吉が新しい旦那になったわけである。延は、どこまで知っているのだろうか。なぜ、延は疑いを持たずに、亮吉の言葉を鵜呑みにするのか、江子は腹立たしかった。教師として、人を信じることを説くならば自ら実践しなくては、と自分の行動にも精神にも箍をはめ、がんじがらめに生きている延は、正直に自分の気持ちを表に出すことは絶対にしなかった。

浪花町の事務所が出来てから一年ほど経った頃、亮吉は孫に唐突に言った。千葉の家に遊びに行かないかと。大勢で行っても、向こうが困るからお前たち二人だなと、江子の四人の娘のなかの二人を指さした。

次女のこと

最初は、江子の次女と三女を別宅へ連れて行った亮吉だが、その後、他の子供達も連れて行くようになった。次女の幸江が五年生になった時、亮吉は延に切り出した。

「あいつが美容師になって自立したいと言っている。学校に通わせてあげようと思っている。お店を一軒構えれば、もう生活の面倒をみなくても、やりくりが出来るだろうから、そうしてあげたい」

住む家があるのですから、十分ではありませんかと、延は表情一つ変えず、能面のように応えた。賭け事に興じる暮らしに耐え、選挙に駆り出されて連日頭を下げ回っても、夫を支えるのが妻の役目と、ひたすら我慢の結婚生活を過ごしてきた。退職金もすべて亮吉の選挙で消えてしまった。それでも、夫を助けるためと目をつむってきた。この家の生活が成り立ってきたのも、私が働いて収入を得てきたという自負が延にはある。

しかし、結果として逃走中の夫を救ったとはいえ、女の件が表に出てからは、今までのように素直に従えない気持ちが出てきた。それは、大きな波となって、延に押し寄せてきている。心中には荒波が立っているが、それでも、従順な良き妻であるためにふさわしい立ち居振る舞いをしようとするもう一人の延がいる。「よその女に使う金があるなら、私の退職金のことはどうなの？　もっと私を大切にしなさい」と、亮吉にガツンと言うだろうと、江子は廊下でそのやり取りに耳をそばだてていた。無言の中に怒りが渦巻く延に、亮吉はこう言葉をつなげた。

「四人も孫たちがいる。将来この子供たちが、財産目当てで仲たがいするのを見たくない。

博江にはこの家がある。三人のうち、一人に千葉の家を譲り、他の二人にも将来困らないように土地を用意してやるつもりだ」

次女の幸江が養女に出されることが決まった瞬間であった。己に責任があるとはいえ、浪費癖と女の怨念に振り回され、無残な最期を遂げた兄の姿から、亮吉も人を思いやる心が芽生えたと、延は解釈した。養女をとれば、いずれ家屋敷は幸江のものになるのだから、あの女に渡すことにはならない、と言う亮吉の言葉を素直に信じることにした。従順な妻は、そうすることが正しい行いだから、という規範にのっとって。孫の将来を心配してくれているのだと、亮吉が人としての思いやりを持ったのだと、延は少し嬉しく思ってしまった。あの女の入れ知恵で、亮吉は言わされていたのかもしれないのだが、延は知る由もない。

江子は、延のあるべき姿だけを追って、世間に対して立派なことを言いながら、自分の家族に無理をさせてばかりいることを知っている。よれよれで擦り切れていた四女の寝巻を見て、江子が新しいものを買ってやった時、亮吉は烈火のごとく怒り、幼い子供を怒鳴りつけた。その場にいた延は何も言わないどころか、亮吉に意見した江子に、親の言うことを聞いて従うのが親孝行だから、亮吉の言う通りだと江子を諭したのだった。学校にも上がっていない幼子は、何一つ悪いことはしていない。着るものがなくてあまりにも不憫だから、母親が買ったまでのこと。勝手に金を使ったというのなら、購入した私に言ってくださいと、言っただけなのに。江子はそれ以来、いつも喉元までくる言葉を、ぐっと押し殺す。

養女に出すなんてとんでもない。奴隷のように、馬車馬のごとく働いても、何一つ残らないどころか、将来子供を持ったときに、一緒に過ごす当たり前の時間さえも奪われるような辛い思いをさせたくない。延と亮吉の話に割って入りたい気持ちを、江子は必死に抑えた。

数日たった晩、風呂から出た江子が、戸締まりをして寝ようとしたときだった。二人の女中はすでに床についていた。書き物があるからと、その晩は遅くまで炬燵でペンを握っていた延が、江子を呼び止めた。何の話か、聞かなくてもわかっている。子供たちの将来を大人の都合で台無しにするようなことはしたくありませんと、言葉少なに答えた。その次の晩、延は江子と隆之を前にして話をした。隆之は一言も言わず、黙って延の話を聞いていた。江子が、幸江を養女に出したくないと言うと、延は、長女の博江の進学を考えるなら、千葉市内に家があると先々便利だし、将来幸江も困ることなく暮らしていけると言った。数十秒かもしれないが、江子にとっては長い長い沈黙が流れた。

あとからこの家にやってきた俺は何も言えないと、枕元で隆之は江子に話した。隆之と一緒なら、養女に出すのを止めることが出来ると思っていたのだが、隆之は「延先生」に頭が上がらない。自分と同じ養女の思いをさせたくないと延に反対することは、延を批判することであり、延の来し方を否定することにもなる。だから、江子は隆之と共に、子供の幸せを願って養女に反対する、と言いたかったのに、それも叶わない。

四人の娘の中で、手先が器用で一番の器量よしの幸江を気に入ったというあの女は、美容師の資格を取った。そして、将来幸江と共に働きたいからと、以前からねだっていた美容院を、亮吉に建てさせた。さらに、家庭裁判所で幸江の養女の手続きが済むやいなや、早く一緒に暮らしたいから、家を増築する必要があると言い出した。そのたびに江子は、「本当に幸江は幸せになるのでしょうか」と、亮吉と延に念を押した。答えはいつも同じだった。大丈夫だ、遺言書にすべての財産を幸江に譲ると書くと、あいつが約束しているからと。江子は納得がいかなかった。遺言状は、そんなに当てになるものだろうか。江子より若い女の養女なのだから、これからの一生を束縛されてしまう不安でいっぱいだった。牛舎の裏に行き、空を見上げる目からとめどもなく涙があふれる日々が続いた。

悲しいことに、江子には法律の知識が全くなかった。専門家や図書を通じて調べる手立てもなかった。民法九八六条に、遺言書は自筆で書くこと、日付及び氏名の記載と印が必要であると示されている。女は遺言状を書くと言っているが、女は亮吉が建てた「亮吉名義の家」に住んでいるのだから、亮吉が幸江に譲ると遺言状を書けばよいことである。財産について何も記さなければ、自動的に亮吉の娘である江子が相続することになる。冷静に考えればおかしなロジックであるが、女は家を幸江に渡すから、幸江を養女にするというのだ。

さらにその女は、こんなことも亮吉に吹き込んでいた。新憲法のもと「居住権」があるから、一方的な立ち退きは許されないと。しかし、居住権とは貸借関係が成立していて、かつ家主が二年以上の居住を認めている場合において、家主が立ち退きを要請する際に、借主は代替えを要求できるという内容である。借家の支払いを滞りなく行っており、立ち退きを言い渡される正当な理由が発生していない場合に、申し立てることが出来る権利である。不動産の貸借契約が、二年ごとの更新手続きを行っているのは、居住権が発生して、代替え措置等の責任を問われないようにするためである。

表に出せないいきさつがあったにせよ、今は亮吉のおかげで、光熱費もすべて無償で、真新しい住宅が提供されているのである。もし、亮吉が法律を正しく理解していれば、あるいはその道に詳しい人に助言を求めていれば、こう答えただろう。俺の目が黒いうちはこの家に住んでいい。そのあとは、養女で苦労を掛けた江子の名義になるから、お前は美容師として一人で暮らしていける算段をつけておいてくれと。

明治生まれの亮吉と延には、帝国憲法下の家制度の法的知識はあったが、戦後に目まぐるしく制定された日本国憲法の概念と、それに付随した法令を理解していたとは言い難かった。古い価値観を持つものは、庶民が「権利」ばかりを主張して面倒なことが起こる世の中になった、と感じていた。裁判を起こされて女の一件が表に出ることだけは避けなければならない。穏便にとり図り、苦労した分として自分の身内の手に戻るようにしようとする延の心理が、冷静な判断を遠ざけ、幸江を養女に出すことになっていった。

ちなみに、遺言状は何度も書き直すことが出来る。複数の遺言書が存在する場合、最終的に作成されたものが有効である。つまり、子供の行く末を心配する江子の前で、女が遺言状を書いたとしても、隠れて新たに作成すれば、先に作られたものは無効になる。最新の日付が優先されるのだから。

長女の進学

一年遅れで小学校をやり直しスタートした博江は、その後中耳炎を患ったくらいで、大きな病気をせずに無事中学校生活を送るようになっていた。長女の博江に対して、延は並々ならぬ期待をしていた。中学三年になった博江には、避けては通れない高校受験が迫っていた。明治の生まれながら、それぞれ中学校、女学校を卒業した後、さらに上級学校へ進学し、当時社会的地位の高い職業に就いた亮吉と延にとって、学歴は重要であった。医者や大学教授、名だたる企業の重鎮たちと交流するようになった亮吉の周りは、帝国大学または早慶の卒業生ばかりであった。博江が小さい時から、延は常に言い聞かせていた。富美ちゃんのお父さんは東北帝大を卒業したんだよ、富美ちゃんは女子医専に合格したんだよと。そして、博江は絶対お医者さんになりなさいと。知縁者のなかで、共学となったかつての千葉一高、すなわち県立千葉高等学校へ入学したものや、東大や慶應大へ進学したものの話題になると、うちの孫も負けてはならぬと、延は焦りにも似た思いに駆られるのであった。

博江が小学校の頃、延は付きっ切りで勉強をみていた。中学校に入ってからは、そういうわけにはいかなくなったが、千葉高に入学した子供のいる知り合いに、その子が使っていた参考書は何ですかと聞いては、購入し、博江に渡していた。時折、どこまで進んだの、分からないところは学校で先生に聞くんだよと、勉強の進み具合を確かめていた。不器用で普段あまり運動をやらない博江は、体育や音楽など実技教科は五段階で4の評価をとることもあったが、主要五教科は英語を除いて常に5であった。延は悔しくてたまらなかった。実技科目ならいざ知らず、受験に関わる五教科のなかに5をとれない科目があることが許せなかった。延は、唐突に博江を英語塾に通わせると言い出した。それまでは、ピアノやオルガンを習いたいと子供たちが言っても、必ず何かしらの理由をつけて来年からね、と受け流していた。本当の理由は習い事の月謝を払うお金がなかったからであったが、派手な暮らしを演出し、選挙で金品を撒いていた手前、お金が無いとは言えず、いつも子供たちには適当に応えて先延ばしにしていた。それなのに、手際よく英語塾に入る段取りをしたのだから、博江は驚いてしまった。受験までの日数も迫り、具体的な志望校を決めて、手続きを始めなければならない時期になっていた。亮吉と延は、博江の進学先は千葉一高しかないと言い続けていた。授業参観や保護者面談があると必ず出席する延が、高校進学のことは教員をやっているあなたのほうがよくわかるでしょうからと、隆之に面談に行かせた。隆之は、旧制の千葉一高よりも、おおらかな環境で女子教育に定評ある学校に進学させることに決めた。

この頃、亮吉は喘息の症状が悪化し、時折入院することがあった。丁度、博江の中学校の卒業式と亮吉の入院が重なり、延は泊まり込みで付き添うことにした。そのおかげで、江子は初めて、自分の子供の学校行事に参加することが出来た。一学年に二クラスしかない小さな中学校を卒業する生徒たちは、皆小学校の頃から九年間共に過ごしてきた仲間である。ほとんどの生徒は、地元にある高校に進学する。その一方で、中学校を出ると就職する生徒もいた。中卒で集団就職する人を、マスコミは「金の卵」ともてはやした。地方から安い労働力が都市部へ流れて行った時代である。故郷を離れて行く友との別れに、涙する生徒たちの姿が講堂に溢れていた。しかし、その中で博江は、笑っていた。抑えきれないほどの喜びではちきれんばかりであった。悲しくないのかいと、江子が尋ねると、博江は千葉の学校で勉強できるのが嬉しくてたまらないと、答えた。

博江の高校進学と共に、すでに戸籍上は亮吉の妾の養女となった幸江が、一緒に千葉市浪花町の家へ引っ越しすることになった。絶対に、涙を流さないと肝に銘じていた江子だが、博江と幸江を乗せた車が去った後、台所で大きな嗚咽を上げて泣いていた。なぜ母が泣くのか理由のわからない三女の静江だけが、その姿を見ていた。

第10章　養父母の最期

万博の夏

昭和四十五年、日本は万国博覧会に沸いていた。大阪の千里ニュータウンは、「人類の進歩と調和」をテーマに世界各国の人々が集まり賑わう祭典でごった返していた。

この年、博江と幸江は亮吉の別宅で暮らし始めていた。訪れるたびに江子よりも若い女と寝室に入る亮吉の姿が何を意味するのか、さすがにわかる年齢になっていた。乳牛を飼うようになった江子は、夜明け前の搾乳で始まる毎日を送っている。泥にまみれて汗だくで働き、一銭も自分の手元に残る自由なお金が無くても、愚痴をこぼさず働く母の江子と、スイカズラのように男に巻き付いて絡んで生きる女の暮らしぶりの落差に、十代の幸江は心を水平に保つことが出来なくなっていった。さらに学校では、端整な顔立ちの転校生の気を引こうと、悪態をつく男子生徒達にからかわれる日々が続き、幸江は本当に疲れ果ててしまった。言葉を選びながら、幸江は学校生活がうまくいっていないことを亮吉に話した。すると、それなら田舎に帰ろうと亮吉は言い出し、わずか二カ月余りで幸江は再び江子のもとに戻ってきた。「幸江がいないのによその子の面倒をみる必要はない」と女は言い、博江もその翌月、すなわち七月に戻ってきた。

家庭のことなど一切顧みず、勝手な振る舞いをするその亮吉が、なぜか大阪の万博は家族みんなで行くぞと言い出し、入場券をいつのまにか購入していた。江子が家族旅行に行けるわけがない。略農家はその典型であるが、生き物相手の仕事は一日たりとて休むことが出来ない。肥育牛から乳牛に切り替え、五十頭余りのホルスタイン牛がいる。日に二回ないし三回の搾乳を適切に行わないと、乳房炎を発症する牛が続出してしまう。隆之は小学校の教頭職から指導主事となり、教育委員会勤めになっていた。夏季休業中に行われる初任者研修を企画運営する立場についていた。亮吉の言う「家族みんな」とは、亮吉夫婦と孫たちであった。食事の用意をするため、女中も一緒である。家族サービスするなど考えられない亮吉が言い出したのだから、きっと何かあると江子は睨んだ。博江には、何があっても驚かないこと、何を見てもそれを口外しないようにと伝えた。

大阪に行くと言っておきながら、亮吉は宿をとらなかった。いや、いつもの気まぐれの旅のように直前になってからでも、旅館くらいとれるだろうと高をくくっていた。亮吉が役員をやっているある建設会社の社員が、亮吉の秘書役をやっていたのだが、まだ大阪の宿の手配をしていないことを会社の幹部に伝えた。すると、今から家族連れで一週間前後滞在できる宿泊施設の予約は無理だからと、千里ニュータウンの万博会場まで歩いて行けるところにあった資材置き場に、一カ月足らずで社員寮を建てた。建設会社であるから、自社の空き地に福利厚生のために社員寮を建てるという名目で、こんなことをやってのけるのは容易いことであった。亮吉夫婦は、この寮を好きな期間だけ、好きなように使ってよいということであった。

大阪に着いてからの亮吉は、日中いつも出掛けていた。心臓が悪い延は、坂道になると歩くのも辛い。高校一年から小学四年までの子供たちに、昼間は暑くて疲れるから夕方の見学だけにしましょう、と言っても、子供たちにとっては退屈すぎる。庭で虫を捕まえることも出来ない。牛舎で牛と遊ぶことも出来ない。畑でトマトやウリをとって食べることも出来ない。3DKの社員住宅用の寮は、あまりにも狭い空間であった。たわいもない姉妹げんかが始まると、延は耐えられない。行儀よく躾けられた子供でなければならないと、喧嘩が始まると正座をさせて説教を始める。実際、延が学校で教えていた子供達は、皆まっすぐ前を向き、延の話に耳を傾けるものばかりであった。たまに行儀の悪い子がいても、親から「先生の言うことをきちんと聞いて守りなさい」と、言われていた時代であるから、延の一言に必ず従う子供たちばかりであった。ろくに学校に行っていない親の子供でも行儀よく出来るのに、なぜうちの孫たちはこんな喧嘩をしてうるさいんだと、説教は愚痴に代わり、子供たちの気持ちを汲み取るどころかけなす言葉を放っていく。幸江は、こんなんじゃ嫌だと、ハンカチを破いて不満を表した。座敷牢のごとく狭い寮で時間を潰し、夕食後の七時から九時に、全員が揃って歩かなければならない見学が、子供にとって楽しいはずがない。アイスクリームを食べたいと言えば、冷たいものはおなかを壊すから駄目だと言われ、もう少し先まで行ってみたいと言えば、行っても何もないからここにいなさいと言われる。子供にとっては、ただただ苦痛の時間であった。

こんなやり取りをしているときに戻ってきた亮吉は、延を困らせてはいけないと、通り一遍の注意をしただけだった。博江は、延の目を盗んで亮吉に話した。昼間出掛けているおじいちゃんにはわからないかもしれないけど、恐ろしく退屈な時間を過ごさなくちゃいけないのは耐えらないと。すまないな、と思いがけず亮吉は素直に詫びて、続けた。

「本州と四国をつなぐ大きな橋を瀬戸内海に作る。完成するには、およそ十年。日本中の技術を集結した巨大プロジェクトだ。大手の建設会社は、この事業の仕事を取ろうと必死に動いている。それぞれの建設会社がどんな動きをしているのか、今調査しているんだ。まだ、公になっていない計画だが、もうすぐ発表されて、入札になる」

当時、自民党副総裁として、権力を牛耳っていた川島正次郎氏の選挙区は、千葉一区。

その選挙対策の参謀として動いていた亮吉は、川島氏と関連のある建設会社の役員となっていたのである。佐藤栄作氏が首相を三期で退こうとしたときに、必ず四選されるとメディアの前で語り、長期にわたる佐藤政権の立役者となったのが、この川島氏である。また、高等小学校しか出ていないにもかかわらず、その政治的センスの良さを見出して、田中角栄氏を首相の座まで育て上げた人物とも言われている。田中氏は首相就任の際、「日本列島改造論」を展開したが、その前からすでに日本列島は改造されていた。山は削られ、川はせき止められ、海は陸地に変わっていった。

この大阪で開催された万国博覧会の前年、すなわち一九六九年には、米国のアポロ計画により人類史上初めて月面に降り立つという偉業があった。万博のアメリカ館では「月の石」が展示され、それを見ようとする人たちが、連日何時間も並ぶニュースが流れていた。

隆之の勘当

延は、何としても博江を医者にしたかった。千葉県内随一の女子高の理系進学クラスで勉強に励んでいる博江自身が、医学部合格を勝ち取る大変さを、一番よく理解していた。亮吉は、医者よりも歯科医のほうが開業しやすく、収入も引けを取らないという話を聞いてからは、歯学部に進学するように勧めた。延も同意し、博江は歯学部に進学せざるを得ない状況に置かれた。生き物が好きで、理系の勉強が得意な博江であるが、手先の不器用さは呆れるほどであった。細かな作業が大嫌いで、ブラウスのボタンが取れても、スカートのホックが外れても、そのまま着ていて平気な娘であった。江子に甘えることが許されないので、博江の妹たちは針箱を開けて自分で繕うのだが、長女の博江はそんなことをやったためしがない。歯科医になれと言われたとき、歯を削り、義歯を作ってはめるような苛々する作業を仕事とするのは勘弁してほしい、と思ったくらいであった。歯学部を目指すふりをして勉強し、直前に理学部生物科または、獣医学部に進学しようと密かに考えていた。

博江が自分から進学のことを切り出す前に、亮吉が歯学部進学を諦めてくれと言い出した。六年間の長い学生生活を終える前に死んでしまったら、お前の晴れ姿を見ることが出来ないから、早く安心させてくれと、とうとう進学を断念してもらいたい理由を述べたのだ。そして、短大に行き、小学校教員になってくれと言うのだった。今までの年月は一体何だったのだろうか。本当は、授業料が払えないという理由であるが、見栄を張る暮らしを亮吉はやめることは出来ない。だから、それらしい理由を博江に一生懸命話し、短大進学を進めるのである。この小学校教員という言葉に、隆之が反応した。教員の採用や研修に携わっている隆之は、博江が教員に不向きであると感じていたからである。一日中、児童と行動を共にする小学校教員は、筆記テストでは測れない適性があることを目の当たりにしている。しかし、亮吉と延の意向を踏まえ、それなりの形を整えなくてはならない。博江の本心を聞いた隆之は、理学部か獣医学部の進学を応援しようと思った。しかし、獣医学部と聞いた途端、亮吉の怒りが収まらなくなってしまった。勉強したって、牛の糞さらいで一生が終わるんだぞ、と声を荒げた。若いころ、小学校しか出ていない農家の親父たちから言われたことが、亮吉の大きなコンプレックスとなっている。

紆余曲折を経て、博江は養護教諭の養成学校に進学した。教員の仕事の片手間の保健係にすぎないと言う延に対して、学校保健法により、児童生徒の健康管理とその指導に当たる専門職を各学校におくようになったのだからと、隆之は説明した。亮吉は、内々にこの養護教員養成所のことを調べた。無名の小さな学校とはいえ、千葉大学の医学部、教育学部の教授陣が指導に当たる学校だと知った。社会的人口増の著しい千葉県は、教員が不足していた。とりわけ、その当時、養護教諭は全国的に不足していた。博江には、家を離れず働ける職に就いてもらいたい、という江子の強い希望もあった。

この頃の亮吉は、時折、入退院を繰り返しながらも選挙に明け暮れ、派手な暮らしを送っていた。自分自身はゴルフをやらないのに、会員権を三つも持っていた。五人から十人くらいの泊まり客を連れてきては、ゴルフ場に案内していた。客人たちは、建設省の中堅官僚たちであった。東京から来客があるときには、亮吉は必ず築地で大量に食材を買ってくる。料亭で日本一の料理を食べている人達に恥ずかしいものは出せない。こう言って、献立の詳細にまで気を遣っていた。普段は、女中たちが食事の支度をするのだが、こういうときは江子が台所に立ち、女中たちは、お運びに回るのであった。ある時、朝食に出す味噌汁の具材が浮かばず、亮吉は困ってしまった。相談された江子は、疎抜きの大根がありますと、答えた。疎抜きとは、間引いた大根である。すべての種が発芽するわけではないので、多めに種を蒔き、密集したものを間引き、適切な間隔をとる。これを疎抜きと言うのだが、簡単に言えば日光を浴びて育ったカイワレ大根である。日光を遮って茎の部分を長くしたモヤシ状のカイワレ大根と異なり、茎は短く可愛い葉が四、五枚ついている。農家では、疎抜き大根の美味しさを知っていても、あえて食べなくても良い代物で、廃棄してしまう。江子は、この疎抜き大根で最高の味噌汁を作りましょう、と言った。実際、味噌汁のお代わりが欲しいという声が、翌日の朝食の席で次々と出たのだった。

昭和四十八年の秋、亮吉は唐突に政治家になれと隆之に言い出した。いつも亮吉は突然に話を持ち出すのだが、この時はさすがに隆之も驚いた。校長として、指導主事から学校現場に戻った年である。機密事項を漏らした秘書に業を煮やした川島氏が、その秘書を解雇した。だから、隆之に向かって、秘書となり政治家の見習い修行をして、近い将来出馬しろ、と言うのである。賭け事が好きで、絶えず、浮き沈みのある世界で生きる亮吉と正反対の隆之である。まじめに勉強し、努力を積み重ねて、手に入れた職であり、地位である。

「絶対に学校をやめちゃいけない」

江子の大きな声が響いた。亮吉の身勝手と延の体裁を整えるために、愛娘を養女に出さざるを得なかった江子は、はっきりと嫌だと言えなかった自分を悔いる毎日であった。自分の考えが間違っていないと信念を持つのなら、何があっても、誰にも遠慮せずに自分の意思を伝えなくては、という必死の思いであった。このいびつな家庭の中で、隆之を守れるのは、子供たちを守れるのは、江子だけである。

「お前まで、隆之の肩を持つのか」

この時、亮吉は脳内がぐらっと揺れるのを感じた。そして、両目は見る見るうちに充血して、ウサギのようになった。勘当だ、出ていけと怒鳴る亮吉。江子の「逃げて」と叫ぶ声。その日から、隆之は家へ戻らなかった。

二カ月余りたち、冬の気配を感じるようになった頃、中学三年生の静江は担任教諭と面談の機会があった。常々姉たちと比較され、延から叱責を受けてばかりの静江は自己肯定感が低く、一生懸命にやっても無駄なんだという落胆の気持ちを抱いていたところに、隆之が勘当されていなくなってしまったのである。お前はどんどん成績が下がっている、何をやっているんだという担任の言葉に耐えられなくなってしまった。家庭内の恥は絶対に口外しないと、子供たちは幼いころから延に教育されていた。だが、父が姿をくらましているとほころびを出してしまった途端に、静江は泣き出した。

冬休みの直前に、高校受験の志望校を確認するために、保護者を交えた三者面談が行われるのだが、静江の面談に出席する保護者は隆之の他にいない。延は、静江以外の子供たちの学校行事には、相変わらず喜んで出かけていたが、中学生になってから、静江の件では一切学校に顔を出さない。もちろん、静江も延が来ることを望んでいなかった。江子は、相変わらず牛の世話と職人の対応で外出が許されない。困った末に、静江は保護者面談の通知を江子に見せた。江子は静江に向かって、明日の晩九時に、誰にも見つからないように牛舎の二階にある小部屋に行きなさい、懐中電灯も使わずに行きなさいと言った。

翌日、暗闇の中を歩き牛舎に入ると、何者がやってきたのだと起き上がる牛たち。いつも見かけている静江だとわかると、また体を横たえた。階段を上り、「来たよ」と小さく言うと、「おう」と声がした。布団にくるまって返事をしたのは、隆之であった。光が漏れるといけないからと、毛布をすっぽりと頭までかぶってから、懐中電灯をつけた。その光の中で、隆之は面談の通知を読み、担任と話をするから心配しなくていいぞと言った。考えてみれば、隆之は校長として、市内の学校の状況を把握している。静江の担任と連絡を取ることなど、容易いことである。亮吉に勘当された晩は、実家に里帰りだと言って泊まったそうだ。江子は機転を利かせて、第三者を通して連絡を取り、隆之は翌日から牛舎で寝泊まりをしていた。約三カ月、江子は誰にも見つからずに隆之の食事を運び、洗濯を隠れてやっていた。連絡を取ってくれた第三者とは、延の教え子であり、町の教育長として働いていた人物である。定年後は、亮吉の後援会のとりまとめ役として働いている。この人の仲介もあって、隆之は再び江子のいる家に戻ることが出来た。

　この一件があった昭和四十八年十月に、第四次中東戦争が勃発している。一九四八年のイスラエル国家成立宣言後、パレスチナ分割を巡って中東地域は度重なる戦争が続いていたが、この時の戦争でアラブ諸国は石油減産を打ち出した。日本のように資源を持たない先進工業諸国は、石油危機となった。石油価格の高騰によって経済は混乱した。年末から昭和四十九年の春にかけて、店頭から生活用品が消えてしまった。経済が不安定な状況になると、根拠のないデマや噂が独り歩きし始めて、社会全体が大きく揺らぐ。トイレットペーパーなどを求める長蛇の列が連日ニュースとなった。中東諸国を安いエネルギーの供給源としか捉えていなかった日本であるが、良好な外交関係を築くように政策転換がなされるきっかけとなった。

丁度この頃、「安全性が実証されている」として、米国の企業から原子力潜水艦用に設計された軽水炉型発電炉の売り込みが激しく行われていた。唯一の被爆国であり、その恐ろしさを経験しているにもかかわらず、エネルギーの安定供給の大義名分のもと日本原子力発電株式会社は、オイルショックを境に軽水炉による発電を押し進めていった。

病床の養父

亮吉は、持病の喘息の悪化とともに、以前にも増して我儘になっていった。医者から絶対安静を申し渡されても入院を拒むこともしばしばであった。自宅療養していた時に、「親父」と慕っていた川島正次郎氏が亡くなった。葬儀には、延が一人で参列した。秘書になるようにと隆之に迫ってから、一年も経っていなかった。亮吉は、襲ってくる逃れようのない孤独に、また取りつかれていた。そんな時、亮吉の悪い癖がまた出た。

発作を起こし、ゼイゼイとのどを鳴らす荒い息で茶の間にやってきて、電話機に手を伸ばした。確かに苦しいのだろうが、狂言であることは、誰が見てもわかる。

「俺だ。もう先は長くない。幸江を頼む」

体によくありませんから、休んでいてくださいと、延は亮吉のそばで繰り返す。

「うるさい。お前に何がわかるんだ」

逆上した亮吉は延を足蹴に扱い、大きく肩を上下し、全身を震わせながら床に戻っていった。

井戸端で泥を落としていた江子の耳にも、亮吉と延の声が響いた。延は、感情を押し殺して、常に模範となるべき良き妻を演じる。それゆえに、亮吉は妻に甘えることが出来ない。思い切り本性でぶつかってくる女なら、我儘も言えるし、遠慮なく喧嘩もできる。延に悪いとわかっていてもそんな女と付き合っていると、肩の荷が下りて安心できる。江子は亮吉のそんな寂しさも分かるが、女に利用されて延を苦しめていることが許せなかった。だから、江子は必死だった。

「『あの女をこの家に上げることは、絶対に許しません』って言えるのは、おばあちゃんだけなのに、なんで言わないの。なんで自分の気持ちを正直に言わないの」

延は身じろぎもせず、焦点の定まらぬ目で遠くを見つめているだけだった。

電話を受けた女は、翌日やってきた。延は、玄関で両手をついて挨拶をした。お見舞いのご足労に感謝いたしますと、頭を下げた。口を開いてはならぬと厳命された江子が、お茶を運んだ。女が帰るやいなや、江子は台所から塩壺を抱え、「この野郎」と大声で叫び、握りしめた塩を何度も何度も玄関で撒いたのだった。

亮吉が入退院を繰り返し利用していたのは、靖国神社近くの九段坂の病院と、自宅近くの公立病院であった。九段坂の病院からは、東京オリンピックの柔道会場として建設された武道館の姿を病室から見ることが出来た。亮吉が役員をやっている建設会社の本社も近かったので、絶えず見舞客が訪れていた。一方、田舎にある公立病院は、亮吉自身が、結核治療と地域医療の拠点となる病院を作ろうと誘致した施設である。県議になった当初は、まだ結核患者の多かった頃であった。将来を見据えて、医療と就業場所を作りたいという強い思いで、認可を取り、予算を通すために多方面にわたって働きかけて開院に至った施設である。こちらに入院しているときには、地元の支持者たちがひっきりなしに訪れていた。もともと賑やかな騒ぎ好きなところがある亮吉である。いずれの病院でも、安静に過ごすことが出来なくなっていた。そこで、亮吉の転院が秘密裏に進められた。埼玉県内にある医大の附属病院である。転院のことを知っているのは、延と江子と運転手、そしてあの女だけであった。ハワイで静養すると表向きには答えることになっていた。江子は四人の子供たちに、本当は国内の病院にいると話したが、どこにいるかは伝えなかった。

入院して一週間ほどたったころ、江子は電話を受け取った。それは、延が病院の入り口の坂で倒れていた、ということを伝えるものだった。幸い病院職員が倒れた直後に発見し、すぐに手当てをしてもらうことが出来た。実は、延が意識を失って倒れたのは、これが二回目であった。家族に連絡をしないようにと延は頼んだのだが、医療従事者の立場として連絡をします、と医師がかけてきたのであった。高血圧で心臓に疾患を持つ延が、あの女と共に泊まり込みで亮吉の看病に当たっているのだから、どれほどの心労なのかと察すると、江子は耐えられなかった。

翌々日、延は病院の公衆電話から江子に連絡を入れた。

「少し、疲れたんじゃないかしら。診てもらってゆっくりできたから、大丈夫よ。心配しなくていいから」

「もう、我慢するのはやめてください。先に逝ってしまうようなことになったら……」

江子の言葉に、延の抑えていたものが堰を切って出てきた。公衆電話の受話器を握りしめ、周囲の目もはばからずに、延は声を上げ泣き続けた。

養父母の最期

さらに半月ほど経った頃の夜半、電話が鳴った。そして、江子は隆之を起こして頼んだ。

「こんな時間に電話も入れられないから、歩いてお願いに行ってください。その間に、準備をしておきますから」

四人の子供たちは、両親の普段と違うやり取りで目を覚ました。隆之は運転手の家へ行った。午前三時を回った頃、支度を整えた江子は、博江と静江を連れて車に乗り込んだ。

「牛のことは真木さんと鈴木さんに、『いつもと同じように』と伝えておけば大丈夫だから。二人の学校には、具合が悪いから休むと、とりあえず電話を入れておいてください。何かあれば、あんたにすぐ電話しますからね」

こう隆之に告げ、車は暗闇の中に出て行った。

人の気配のない街を、車は猛スピードで走る。いつの間にか空は明るくなり、雲の隙間から伸びる光柱が前方の山に差し、通勤する車が忙しく動き始めていた。江子は七階にある亮吉の病室へ走った。

「おう、来たのか」

「さっきね、意識を取り戻したの。みんなに心配かけちゃったね」

亮吉と延は、穏やかな表情であった。病室から秩父の武甲山が見える。十五畳ほどある広い病室には、来客者用のテーブルとソファがある。浴室とトイレがついているだけでなく、付き添い者用の四畳半の和室と簡易キッチンも備えられていた。江子と子供たちは、売店で買ってきたパンと牛乳で朝食をとり、亮吉を囲んだ。

「博江、鯉の世話を頼むぞ。いい色を出すには、餌が大切だぞ。そして、何といっても水質管理が大事だ」

亮吉は、昭和四十年代に入ってから、錦鯉に凝り始めていた。池を増やし、養殖も試みていた。庭にある二つの池には錦鯉を、裏の土手を下りたところにある小さな田は、湧水を利用して黒鯉を飼っていた。どんどん鯉を増やして、手狭になってしまったとき、農業用水用の堰を借りて錦鯉を放った。大規模公共事業の落札に奔走していたころと、亮吉の錦鯉購入は重なっている。その頃高校生だった博江は、節足動物や爬虫類、両生類に関心を持ち、生態調査と言って泥水の川を歩き、水辺の動植物を相手にしていた。そんな博江だから、亮吉の錦鯉談義を楽しみながら聞くことが多かったのである。錦鯉がどのくらいの価値を持つものなのか、博江は見当がつくようになっていた。一匹いくらの値段がするの、とわざと聞いてみたことがあった。その時、亮吉がいたずらっ子のように、誰にも言えない、ばあさんの耳に入ると怖いから、と言ったことを思い出していた。「牛のこともあるから、これで帰りますね」と、昼食をとらずに、江子達は帰宅の途についた。延は、やたらに電話すると、『オオカミと少年』の嘘つきになっちゃうから、もう来なくてもいいよ、と言う。呼んだことを、取り越し苦労で皆に迷惑をかけたと、詫びるのである。

それから十日ほど経った時、再び夜半に電話が鳴った。二度目の電話が来る二日前には、

「北海道」が死んでいた。「北海道」は、亮吉が農業視察に行った際に、ひとめぼれして購入した牛である。「北海道」で出会った牛だから「北海道」と名付けて可愛がっていたのだった。最初の電話があった後に、食欲が落ち、乳量も落ちるようになってしまった。江子は獣医に連絡を入れた。

「困りました。北海道が立ち上がれないんです。けど、何とか助けたいんです」

　家畜は、経済動物である。採算が取れなくなれば、処分する。愛玩動物のペットと異なり、いくらかわいいといっても、愛着を感じていても、その役目を果たさなくなったら終わりである。養豚、肥育牛、乳牛と家畜を生業としてきた江子は、そのことを熟知している。だが、この「北海道」だけは助けたいと思い、獣医に相談したのだった。立ち上がれないということは、搾乳はおろか、給餌も十分にできないことを意味している。

「引っ張っても、押しても駄目なんだよ。立ち上がろうとさえしないんです。もう三日目になります」

　ついに、江子は博労に車の用意をお願いした。牧場で働く男たちみんなで、博労が用意した台車に、やっとのことで北海道を載せて、トラックに運んだ。江子は屠殺場に向かった。牛のことは、お前の判断に任せるぞと、亮吉は以前から話していた。江子は、自分の判断は間違っていないと確信をもっていたが、この北海道の件を亮吉に伝えることをためらっていた。その時に、延から二度目の電話がかかってきたのである。江子は再び暗闇のなかを病院へ向かった。江子は病院でその後のことを延と確認し、すぐ帰宅した。運転手は再び、病院へ車を走らせ、日付が変わるころ、亮吉と延が自宅に戻ってきた。その晩は、弔問に訪れる人の列が途切れなく続いていた。

亮吉が去ってから、後援会の幹部や秘書、友人のカシが、以前にも増して延のところに集まるようになった。皆、延のことを心配しているのである。来客の応対をしているときの延は、愛想が良い。無理をしても、良い人を演じてしまう性癖なのか、亮吉の妻として選挙権を持つ人に笑顔で接するようにして身についたものなのか。しかし、客人が帰途につくと、顔色は暗くなる。元々身の丈に合わない暮らしをしていた亮吉である。病床にあっても、次の選挙に出馬すると豪語していた。落ちぶれたと、噂が立ってはいけないので、病状が悪化すればするほど、健在を示すためにも選挙対策で大枚をはたいた。入院に際しても、見栄を張っていた。値の張る差額ベッドの病室を利用し、家政婦を雇ったりもした。そうこうしているうちに、金庫にあったお金はすべて消えていた。経済的な事情もあったことであろう。亮吉が入退院を繰り返すようになってから、住み込みの女中はいなくなった。

今までのような派手な暮らしを止めて、本当に親しい人達のお付き合いにしましょう、という江子の言葉に延も頷いた。しかし、亮吉先生を忘れないように記念の品が欲しいと無心に来るものや、県議会議員や市会議員の選挙に出馬しようと企むものがやって来る。そうすると、「私がお役に立つのなら」と安請け合いをしてしまう。亮吉の散財に苦労したはずの延なのに、以前と同じように見栄を張る交際をし、無駄な支出をしてしまうのである。江子は、無理をして続けていた乳牛を処分することにした。牛を売った代金で、僅かであるが働いていた人たちに一時金として渡すことが出来た。生き物相手の仕事は休みがなく大変であったが、若い人たちと一緒に笑いながら働くことが出来たのは、楽しかった。すべて処分しようと思っていたが、一遍にいなくなってしまうのは寂しすぎると思い、肥育牛を二頭だけ残した。

亮吉が亡くなって三カ月が経った。相変わらず、来客の絶えることがない日々が続いていた。ある日、学校から早く戻ってきた博江が、来客にお茶を淹れた。

「お前は、お茶ひとつ淹れることが出来ないのか」

何が気に入らないのか、客人が去った後、延は博江を叱りつけた。些細なことを取り上げて、何度も同じことを繰り返し、終わることのない小言が続く毎日になっていった。叔母を心配して電話してきた富美に、江子は心境を吐露した。

「怒りっぽくなってね。今まで抑えていた膿が、出ているみたいなの。小言ばかり言ってるから、子供たちがみんな、おばあちゃんから離れていってしまってるんだよ。苦労した分、楽しい時をすごしてもらいたいのに、自分で反対のことばかりしてるんだよ」

立春の頃、延はマスカットが食べたいと言った。江子は博江にお金を持たせ、銀座の千疋屋までブドウを求める使いに出した。その日の昼下がりのことだった。掃除をしている静江に延が尋ねた。

「今日は休みなのに、なぜ博江はいないの」

「東京まで行ってるよ。ブドウを買いに」

「なぜ、博江を東京にやったんだ。博江は家にいなくちゃいけないんだ。誰が博江を東京にやったんだ」

「ばあちゃんが、ブドウって言ったでしょ」

「誰が博江を東京にやったんだ。あの子は家にいなくちゃいけないんだ」

延の精神はすでに混乱していた。江子に向かって、どんなことがあっても博江を外に出してはいけない、家にいるようにお前が守らなければならない、と言う。

博江は、千疋屋と新宿のパーラータカノを訪れたが、結局ブドウを手に入れることは出来なかった。季節を問わず、各国から果物を取り寄せることが出来る流通システムは、この頃は皆無であった。国内で生産されるブドウの収穫は、七月下旬から十月まで。保存したものを店頭に出すこともあり、十二月までは何とか購入できた。しかし、一月から六月の間に、市場に出回るブドウはなかった。偶然、南半球から輸入されたものが少量出ることもあるが、いつ、どのような品が入るのか分からないと、あの千疋屋の担当者が答えていたのであった。

数日後、懇意にしている床屋の女将がやってきた。甥っ子が私立高校を受験したのだが、思っていたほどできず合格できるがどうか心配だと相談に来たのだった。その高校の校長も教頭も知り合いだから聞いてみましょうと、延は答えてしまう。体調も良くないし、そういうお付き合いは、もうやめることにしたからお断りしましょう、と話す江子に耳を傾けない。

翌日、延は私立高に電話を入れるが、多忙のため今電話に出られないと事務職員が応対するのみであった。亮吉がいたときには、すぐに動いてくれたのに、一体どうしたんだろう。この時期の多忙は当然のことだが、何としても話したいから直接学校に行くと、延は言い出す。

「自分の身を削ってまで、そんなことをしないでください」

「お前に何がわかる。やらなっきゃいけないんだよ」

江子が止めても、延は出掛けた。事前に予約もせずに訪問した延は、会議が終わるまで二時間以上、寒い廊下で待たされることになった。体調を崩した延は、翌日あっけなく息を引き取った。亮吉が逝ってから五カ月後のことだった。

第11章　富美の闘病

富美の闘病

定期健康診断で訪れたクリニックで手に取ったリーフレットには、癌の早期発見を啓蒙する内容が記載されていた。富美は教育相談のプロジェクトを立ち上げ、学園紛争の頃とは異なる忙しさの日々を送っていた。そうは言っても、書をたしなみ、茶の湯を楽しむ時間も、以前より増えて、心身ともに充実していた。今まで健康診断のデータに異常を示すものはなかったし、特に気になることもないが、リーフレットにある乳癌の自己診断方法を見て、こんなに簡単なら今夜にでもチェックしてみようと思った。

独身で過ごし、子供を産まなかった富美の体形は、四十代に入ったとは思えないほどの美しさを保っていた。風呂から出た富美は、そのまま鏡の前に立った。両手を垂直に上げて、ゆっくりと水平に伸ばしていった。そして、両肘を曲げ、手のひらを後頭部にあてた。左手を下ろして、右の乳房を丁寧に触れていく。今度は、左の手を後頭部にあてて、おろした右手で左の乳房を触れてみる。指先に、ほんの少し何かを感じた。

「富美、何してるの。こっち来て、テレビ見ようよ」

「ちょっと診察中」

清乃は、テレビを見て笑い声を立てている。富美は、左の乳房を再度確認した。

翌日、富美は書店に立ち寄り、癌についての医学書を求めた。その一週間後には、癌の専門医がいる病院に予約を入れた。看護師は事細かに問診票の確認事項をチェックしていく。紹介状を持たずにやってきた富美を、心配性な厄介な患者と言わんばかりの顔つきで医者は話し始めた。

「あなたは癌だろうと言うけれど、癌かどうかを診断するのは医者なんだよ。単純な脂肪の塊ってこともありますからね。素人判断はいけませんよ。腫瘍がすべて悪性とは限らない。確認するには組織検査が必要。あなたが『どうしても』というなら、検査をやりましょう。結果がわかるまで数日かかりますから、その時また来てください」

数日後、富美の職場に、電話がかかってきた。検査結果を伝えたいので早急に来院されたしという伝言を受けた富美は、その日のうちに病院へ向かった。富美の見立ての通りであった。一刻も早く詳細を調べるために再度検査を実施し、その後切除手術を行うと医者は話す。最初の組織検査のときは、細い静脈注射用の針を用いる穿刺吸引細胞診察であったが、今回は針生検細胞診である。局所麻酔をし、数ミリ切開して太い針を入れて組織を採って調べることになった。

「いやあ、あなたに申し訳ないことをした。癌は早期発見、悪いところをとってしまう。これが治療の基本ですから」

医者は、自分の落ち度を素直に認め、今後の治療方針について富美に話した。癌細胞発生のメカニズム、遺伝子的要因、最先端の癌治療など、専門家の域を越える知識に裏打ちされた質問が、富美の口から次々と出てくる。丁寧な説明と治療内容に納得した富美は、手術同意書に署名した。

触診で確認できたしこりは、検診で見落としてしまうような小さなものであった。しかし、実際に手術を行ってみて、奥深くに広がり始めているステージⅡの乳癌であったと判明した。ステージⅢに進む前に手術が出来たのは、不幸中の幸いであった。しかし、胸の筋肉やリンパ節までとる手術の後は、胸の変形、腕のしびれ、運動機能低下など様々な問題に直面することになる。傷口がふさがれば、機能回復のリハビリがはじまる。

富美が手術を受け、まだ入院していた時に、亮吉の訃報が入った。しかし、葬儀に参列出来るような状態ではなかった。左手を僅かに動かすだけで、切除した部分を縫い合わせた傷口に激痛が走る。転移はしていないとの診断結果で、一カ月ほどで退院できたが、お茶を一杯飲むのも難儀である。右手で湯飲みを持ち、左手を添える、たったそれだけのことがどんなに辛いことか。健康であれば無意識で出来る動作の一つ一つに、筋肉が、神経がどのように連動しているのか、術後の痛みが教えてくれる。一月には病気療養休暇が明けて、また学校で働くことが出来る。その時は、茶道部の生徒達と初釜の席を設けよう。富美は、それを目指して自宅療養の日々を、リハビリと茶道のお稽古で過ごした。

年が明けてひと段落した頃、江子と富美は近況を電話で話した。

「富美ちゃん、大丈夫？　病気はもう大丈夫かい？」

「うん。ぼちぼちね。それより、お江ちゃんも大変だったね。叔父様のお線香あげにも行けなくてごめんね」

「そんなこと、気にしなくていいよ。ただね、最近おばあちゃんがおかしいんだよ。怒ってばかりで、我儘ばかり言うから、子供たちが嫌な顔して冷たくあたるんだよ」

「えっ、あの延おばさまが我儘を言うの。今までのご苦労が、そうさせているのかしら」

弱音を吐かない江子のふと漏らした一言が気になった。お彼岸にはお墓参りに行くから、と約束して受話器を置いた。

通常の勤務に復帰したものの、富美は以前と同じペースでは働けない。春までには、何とかなるだろう、何としても元通りにしなくてはと、気持ちを奮い起こす富美だが、日を追って体調が良くなるどころか、常に付きまとうだるさは、なかなか消えない。気のせいかもしれないが、以前よりも喉が渇くようになった。就寝中に水が飲みたくなり、起き上がることがあった。排尿時にほのかに甘い香りを感じたとき、富美は糖尿病を疑った。

糖尿病とは、血液中のブドウ糖が多くなり、血管に障害を起こしてしまう病気である。糖尿病で失明するのは、目の奥の血管に障害が生じるからである。糖尿病には二つの型がある。長年にわたる過食、運動不足という生活習慣から引き起こされるのは、II型である。糖尿病というと、このII型の罹患者が、その大半を占める。軽度ならば、食事療法、運動療法を行うことで改善する。富美は、I型であった。これは、免疫機構が間違って自分の細胞を攻撃してしまい、膵臓のインスリン分泌機能が失われてしまうことで発症する。I型は、生活習慣病と異なり、十代、二十代で発症することが多い。富美のように中年以降に発症する場合もあるが、いずれにしても、遺伝的背景によるところが大きい。劇症I型の糖尿病では、数日のうちにインスリン分泌がほぼなくなり、生命の維持に危険が生じる。インスリンは血液中のブドウ糖の値を下げて一定に保つ働きをする。分泌されないインスリンを投与する治療が行われるのだが、多く投与されてしまうと急激に血糖値が下がり、ケトアシドーシスという状態に陥る。強い全身のだるさや脱力感に襲われ、最悪の場合意識がなくなり、死に至る事態となってしまう。だが、自分自身の体内でインスリンを作ることが出来ないのだから、外部からインスリンを注入しなければならない。

血糖値を適切な値に保ち、合併症を防ぐためには、その値を把握してきめ細かく管理する必要がある。血糖値を下げるためにインスリン治療を受けている者が、普段より多く運動をして、さらに血糖値が下がった時に低血糖の症状が出ることもある。富美は毎食ごとに、何をどのくらい食べたのかノートに取ることにした。お茶菓子も摂取した時刻と量を記録した。歩いたり走ったりして移動した距離、時間も忘れずに書き込んだ。糖尿病の治療が始まって間もない三月上旬、叔母、延の訃報が届いた。

富美が糖尿病を発症した昭和四十年代の治療は、医療機関で一日一回行うインスリン注射療法であった。患者のできることは、自宅で尿糖の測定をすることである。しかし、この治療をしても数年後には多くの者に合併症が発症し、I型糖尿病の治療はお手上げ状態であった。一九七〇年代初頭、すなわち昭和四十年代後半の厚生省（現厚生労働省）の見解によると、糖尿病患者のインスリン自己注射の要望に対して、「医師法違反」と回答している。しかし、若年発症糖尿病の発症者の協力を得て、昭和五十一（一九七六）年に、世界に先駆けて血糖自己測定の実用化が始まった。尿糖の測定から、血糖の自己管理法へと、治療の転換期であった。日本糖尿病協会が約十万人の署名を集め、インスリン自己注射が健康保険適用となったのは、昭和五十六（一九八一）年である。富美が発症してから七年後のことである。医療従事者と連携をとり、科学者として自らの身体を通して糖尿病と向き合った富美は、後に多くの患者に光をもたらす貴重なデータを、臨床現場から残す功績を果たすことになる。

清乃の介護

お世話になった叔母の葬儀に参列したい。江子ちゃんに会いたい。しかし、自分の命と叔母の葬儀を引き換えにするのですかと、主治医から一喝されたどころか、血糖値が悪いので即入院することになった。七十代に入ってから足腰に衰えの出始めた清乃が、電車を乗り継ぎ、延と最期の別れをするために、鶴舞へ向かった。

葬儀から戻ってきた清乃は、娘の看病のかたわら、孫たちの子供服を作る毎日をおくっていたが、昔を懐かしむ戯言が多くなった。

「昨夜、テルさんが出てきたのよ。海に行って一緒にナガラミをとって食べたの」

岩にへばりついている巻貝のナガラミを、鴨川の海で採った夢を見たという。

「延さんがね、白石に来たのよ。徳二を養子にしたいって。でも、断ったわ。自分の子供だから、自分で育てますって言ったのよ」

また、昔の夢を見たの？　と、富美は応じる。子供に恵まれなかった叔母が弟の徳二を養子に、という話があったことなど、富美は全く知らなかった。女手一つで三人の子供を育てるのは大変であっただろう。その苦労話を聞くことが多くなった。

富美が二度目の病気療養休暇を終えて、復職して数週間後のことであった。「ギャーッ！」と真夜中に突然悲鳴が上がった。清乃が「爆弾はどこ？」と騒ぎ出した。弥三郎が亡くなった時の夢である。糖尿病の富美は、血糖値を抑えるインスリンの投与が過ぎると、低血糖の症状が出てしまう。それを防ぐために、絶えず飴玉や角砂糖をポケットに忍ばせて体調を管理しながらの暮らしである。ところが、清乃が夜中に夢にうなされることが増えてきて、睡眠が十分にとれない状況が度々起こるようになった。このような予想外の状態が恒常化したらどうなるのだろうか。低血糖で私の意識障害があったりしたときには、母と私はどうなってしまうのだろうか。富美の心に不安が募る日々となっていった。

ある日、帰宅したら家じゅうがキナ臭かった。

「お母さん、どうしたの？　焦げ臭いわよ」

「あら、お帰りなさい。お茶を飲んでいたら、何か焦げるにおいがしたのよ。そしたら、畳から煙が出ていて驚いたわ」

「アイロンをつけっぱなしで、お茶を飲んでたの？」

「そんなことしないよ。お茶の時には、ちゃんとアイロンの電源を切りますよ。いつもちゃんとやってます」

清乃が使っているアイロン台が目に入った。アイロンの三角形の形が、そのまま黒い焦げ跡となっている。アイロンをつけたままお茶を飲んで、忘れてしまったことが一目瞭然である。しかし、清乃はアイロンをつけっぱなしにしたことを認めない。

一方、富美の糖尿病は改善しない。II型の糖尿病のように生活改善で病状が良くなるような代物ではないのは、承知している。飲食物の摂取と運動量を記録し、リスクを回避するために血糖値のデータも毎日とりつづけている。それを参考にして投薬されているし、インスリン注射も行っている。しかし、母親の妄想にいつ付きあわされるのか、これは予測不可能である。血糖値は一日の中でも変動する。高すぎる血糖値を下げる薬は、必要以上に血糖値を下げてしまうこともある両刃の剣。富美は夜半に起こされて意識が朦朧とすることがあった。

「このままでは、お母様よりあなたのほうが先に逝ってしまいます。あなたが入院するか、お母様を老人ホームに入れるか、どちらかです」

医者にこう言われた富美は、弟たちに相談した。四十代半ばの宏は、たまたま本社勤務で日本にいるが、いつ何時海外勤務になるのか分からない。徳二は高校生を筆頭に、小学生までの五人の子供たちを抱えている。親の面倒をみるのは、嫁の役目だと世間では言う人も多いが、富美は義妹たちに頼もうとは考えていなかった。他家から嫁ぎ、孤軍奮闘している妻の立場は社会的に評価されず、複雑な思いを心の奥底に秘めていることをよく知っていた。だから、富美は義妹たちに、介護の助けを求めることをせず、清乃と富美に万一の事態が起こっても残された人が困らないように、これからに向けたロードマップを話しておこうと思ったのだった。

自分で設計した茶室のある自宅は、母と最期まで一緒に暮らせるようにと思って建てた家である。だが、富美は自宅を売り、管理人のいる居住型の施設に入居することにした。このような形で処分することになってしまったことを、清乃は理解できない。お前は親を捨てるのかい、と嘆く母に、富美は繰り返した。私も一緒に施設に入って暮らしますからと。六畳二間とダイニングキッチンの新居に運べる荷物は限られている。掛け軸も屏風も茶碗も、勤務校の茶道部に寄贈することにした。色無地、付け下げなど、お茶会で身に着けた着物は、お教室の後輩たちに譲った。旅行で求めたお土産や写真など、思い出の品もすべて廃棄した。

富美は、五十歳になろうというこの時、持病を抱えながら認知機能に障害をきたし始めた母と過ごす現実に向き合っていた。十年後、二十年後の不安を手記にまとめ、ある放送局に投書した。平均寿命が延び、日本が高齢化社会に入り始めたころである。これからの高齢化社会で起こりうる「未来の老々介護問題」として、紹介されることになった。衛生環境が悪く感染症の対策が不十分であったり、戦争で多くの者が亡くなったりする時代は過去のものとなっていた。日本人の寿命は年を追って延びていた。厚生労働省の資料によると、戦後間もない頃は男女それぞれの平均寿命は五十代前半であった。それが、富美が五十歳になる昭和五十三年には、男性の平均寿命は七十二歳、女性は七十八歳となった。

がん転移

母親と施設に入所した富美は、一安心した。管理人さんが一言かけるから、勝手に外に出歩いて家路がわからなくなってしまう心配もないし、食堂で昼食をとることが出来るから、火を使わずに済む。引っ越しの挨拶状を出したら、「先生、大丈夫ですか」と、心配して返信をしてきた教え子がいた。母親を一人にしておくことが出来ない事情を話した。

「先生がお出掛けできないのでしたら、私がお邪魔してもよろしいでしょうか。お茶を点てて、先生と一緒に一服頂きたいのです」

どうしても捨てることが出来ずに残した風炉の茶釜が一つ、押入れの中にある。部屋を片付け、茶釜を置いてみた。床の間はないが、正面の襖に掛け軸を下げて、その下に花を置けば、床の間に見立てることが出来る。訪ねてくる教え子たちと一席を設けることが出来る。一輪挿しに藪椿を活けてみた。その紅色と同じ血潮が体の中を駆け巡るのを感じた。生きている喜びを感じた。

糖尿病の治療は、インスリン自己注射を行うようになってから、順調に進むようになった。費用はかかるが、自分で血糖値を測って注射できるのは有難かった。毎日病院に通う必要がなくなったから、通院の負担が軽減した。清乃のことは、施設のスタッフに日中の面倒をお願いできるので、こちらの介護の負担も減った。乳癌の手術から、間もなく五年経つ。五年過ぎれば、再発はないだろうと言われたことを思い出していた。

そんな矢先のことであった。もう再発の心配はないだろうと思って、久しぶりに自分の乳房を丁寧に触れてみた。乳癌の初期症状と思われるしこりがないかどうか、確かめようと触れてみた。指先を滑らせながら押していくと、あの時と同じものに触れた。またしても、乳癌である。残っている右の乳房も乳癌に侵されている。手術とその後のリハビリの日々がまたやって来る。その間、老いの衰えが著しい母をどうしたら良いのだろう。入院、手術の日程を説明し始める医者を前に、富美には母親のことで暗雲が垂れ込め始めた。心配した弟の徳二夫婦が、富美の入院中は交代で施設を訪れ、様子見がてらに掃除をしてくれることになった。

富美が入院している間に、清乃の認知機能の衰えはさらに進んでいた。

「ねえ、富美はいつ戻ってくるのかしら？」

「ここにいますよ。帰ってきましたよ」

「何言ってるの。あなたじゃなくて、富美のことよ」

まっとうな応答をすることも、時にある。だから、決まりきった挨拶を交わす程度では、清乃の変化に気付かない人が多い。しかし、富美は、母親と新しい関わり方をしなくてはならない、と現実を悟った。

前回と同じように自宅でのリハビリが始まった。母の介護負担が、以前より重くのしかかる。糖尿病の治療に欠かせないデータ収集とインスリン投与も続いている。糖尿病網膜症や動脈硬化などの合併症予防の視点からは、インスリンの投与は望ましいが、量が多いと低血糖で意識障害に陥ってしまう。医者は動脈硬化による心臓病や脳卒中を恐れて、ある程度の量のインスリンを処方する。だが、富美は意識障害の危険も熟知している。それを回避するために最低量の投与で済ませたい。富美の考えに理解を示す主治医は、そうそう見つからない。データを持参し、治療方法を改善するために専門医を探す闘病生活を送っていたが、母親が風邪をこじらせて入院することになってしまった。富美は、病室に小さな折り畳み式の簡易ベッドを持ち込んだ。夜は母親のそばで過ごし、明るくなるとそこから仕事に出ていった。

「もし、会わせてあげたい人がいるなら、連絡を取ってください」

この言葉に、富美は江子と鴨川にいるテルの娘に、清乃の病状を伝えた。見舞いに訪れた二人が誰なのか、清乃は分からなかった。ようやく義妹の「テル」を思い出した。テルとテルの娘を混同したまま話を進めていく。江子のことは、江子の母親タキと、江子の姉の二人が入り交じったまま話している。

清乃が子供と孫たちに囲まれて最期を迎えたのは、それから十日ほど経った初冬のことであった。

第12章　小春日和

新婚旅行

養父母が亡くなった三年後、二十二歳になった長女の博江は結婚した。幼い頃から「跡継ぎ」として育てられた博江は、家に入ってくれる次男坊と見合いをした。お願いした仲人の急逝もあったが、無事に式を挙げると、江子夫婦は博江の伴侶を養子にした。亮吉は、隆之のことを絶えず「婿」と言い、一段低く見ていた。そんな肩身の狭い思いをさせたくないと明言した二人は、その証として自分の子供と同じ権利を与えようと、法的手続きをした。

二年後、江子が五十一歳の春に初孫が生まれた。隆之と結婚して二十五年が過ぎていた。亮吉の死後、酪農はやめたが、その後も飼っている黒毛和牛二頭の世話に、孫の子守りが加わった。大変な思いをしながら自分を支えてくれた江子にお礼をしたいと、常々隆之は考えていた。博江が次の子供を産んで、江子がもっと忙しくなったら、一緒に出掛けることが出来なくなるだろう。江子の長年の夢であるハワイ旅行に連れて行くには、今しかないと隆之は考えた。江子は、そんな隆之の秘密裏の計画に全く気付いていない。

「ばあさん、明日休みを取るから、一緒に千葉まで買い物に行こう」

「おや、珍しい。いいよ」

翌日、二人は孫を抱いて出掛けた。行った先は、旅券事務所。隆之は下書きしたパスポート申請書を江子に見せて、この通りに記入しなさいと言う。亮吉夫婦から、どんなことがあっても、即、対応しなければならなかった長年の習性で、江子は鞄の中に印鑑と健康保険証、貯金通帳を携えていた。滞りなく手続きは進んでいった。

「隆之じいさんが、ハワイに行こうって言うんだけど本当かな」

「『あすなろの木』だよ。明日には、大きくなろうってね。いつになるのか当てにならない話ってことね」

台所で片づけをしながら、博江は冗談だと聞き流す。

冬休みの初日、末娘の松江に留守番を頼み、孫の面倒をみておいてくれと言って、江子と隆之は家を出た。茶の間の炬燵の上には、博江夫婦への置手紙を残し、結婚してから初めての二人だけの旅行に出た。四泊五日のハワイ旅行である。「じいちゃんとばあちゃんは、旅行に行ったから、今夜はあたしが夕飯作っといたよ」と、松江が帰宅した博江夫婦を出迎える。

二人で行く初めての旅行は、憧れのハワイ。江子にとってすべてが新鮮だった。どこまでも続く真っ青な海と空。色鮮やかな花々。南国フルーツにウクレレの調べ。白い砂浜に立った江子は、足元の砂を一握りビニール袋に入れた。亮吉が生前話していたことを思い出し、つぶやいた。

「選挙ですった金は、ハワイに行けば返して貰えると言ってましたね。一体何があったんですか。今、ハワイに来てますよ。本当にハワイにやってきたんですよ。お金も名声もないけどね、幸せですよ」

ハワイに来た記念の一通として自宅に宛てた絵葉書は、二人が帰宅した後に、郵送されてきた。その一通を投函するのに、道を訪ねながら町中を歩いたこと。日本人だと思って話しかけても日系二世、三世で全く日本語が通じなくて困ったこと。初孫のお土産に買ったものが、日本製のおもちゃだったこと。すべてが楽しい思い出となった。

青天の霹靂

娘たちは次々と就職し、自立していった。二人の孫の世話をしながら、田畑を耕す平穏な日々となった。そんな江子のところに、次女の幸江が相談に来た。

「ねえ、母ちゃん、あの女から手紙が来たんだ。今度、養女を貰うから、あたしとの親子関係をおしまいにしたいって」

亮吉と延に押し切られて養女に出さざるを得なかった自分の不甲斐なさを、突き付けられた。養女に出さないと、はっきり言えなかったことが、幸江のその後の人生を狂わせてしまったと、後悔してもしきれない江子である。亮吉が亡くなった二年後に、あの女が「江子さんに私の住んでいる家の固定資産税まで払わせるのは申し訳ないから」と、書類を持参してきたことがあった。次から次へとまくし立て、書類を出すあの女の「すべて幸江さんのものだから」という言葉に、これ以上幸江に辛い思いをさせなくて済むのなら、と判を押してしまった。

幸江は千葉市役所へ向かった。そして、法務局を訪ねた。天涯孤独の亮吉の財産相続人は、妻の延と養女の江子だけ。亮吉の遺産手続きが完了する前に、後を追うようにして延も亡くなってしまったのだから、亮吉名義のものはすべて江子が相続した。しかし、千葉市浪花町の家と美容院が、後日、あの女の名義に変わっていた。幸江が十四歳で家庭裁判所に赴き、あの女の姓に変わってから、丸二十年が経っていた。江子は、自分の愚かさに涙した。取り返しがつかないことをして、愛娘の人生を台無しにしてしまったと、自分を責めた。苦労の多かった母を見て育った幸江は、江子に辛い思いをさせたくないと、自分でこの問題を解決しようと動いた。

短大を卒業した後、幸江は小さな雑誌編集会社で働いていた。千葉県内のイベントや行楽地情報を掲載するミニコミ誌である。県内で活躍する各界の人たちのインタビューを企画し、対談しては、記事にまとめるような仕事をしていた時期があった。その後、百貨店の広報の仕事に就いたこともあり、広い人脈を持つようになっていた。そのつながりの中には、行政の首長やマスコミ関係者、さらに法曹関係者もいた。あの女と直接交渉することは避けたかった。どんなことがあっても、母江子があの女と顔を会わせるようなことはさせないと考える幸江は、弁護士による仲介を選択した。弁護士の中にも、それぞれ得意分野がある。幸江は、民事訴訟、とりわけ、家族とその財産に関する案件に詳しい弁護士を紹介してもらうことが出来た。江子は、弁護士さんに頼んだら、費用がいくらかかるかわからないからと心配する。しかし、幸江はもう子供ではなかった。弁護士費用は、対象となる依頼物件の何パーセントであるのか、定まっている。

幸江が中学生でその女と一緒に暮らすことになった時に、延は先々の進学などもあろうかと、持参金を持たせた。ところが、数カ月で幸江が心身に変調をきたして戻ってくることになってしまった。そして、二十代半ばで結婚する旨を伝えに行ったときに、「将来一緒に暮らすことを考えて、台所を直すのにお金は使いました」と、こともなげに言ったのである。女は亮吉に建ててもらった美容院の店舗を貸し出し、その家賃収入で暮らしている。幸江は複雑な思いを抱えながらも、同居は出来なくてもよい関係を築こうと、毎年カーネーションの花束を手に会いに行っていた。しかし、そのたびに聞くのは、趣味の長唄とブランド品を買い求めた話ばかりであった。亮吉夫婦のもとで、汗水たらして働く実母の江子と、全く異なるもう一人の幸江の養母。幸江の課題を解決する「その時」がやってきた。

幸江の養母は、交通の便が良い千葉市内の住宅地に住んでいる。その時価から考えれば、雀の涙のような金額で、養子縁組を解消しようと提案している。幼い頃に延が用意した持参金より遥かに少ない金額である。こんな養子縁組解消の話に、簡単に応じるわけにいかない。だが、あの女と感情的なやり取りをしては、こちらの非も問われる。幸江は、紹介してもらった弁護士事務所のドアを叩いた。

幸江は、すべてのいきさつを語った。一呼吸おいて弁護士は答えた。

「そうですか。あなたのおじいさんが成田闘争で侃々諤々の議論を交わした相手は、私の友人です。あの亮吉さんの陰に、あなたのお母さんがいらしたのですね。支持する政党や主義主張は違っても、私は弁護士です。あなたの権利として法的に得られるものが、あなたの手に渡るように仕事をします」

幸江が弁護士を立てたので、相手も弁護士に調停を依頼した。こうして、養子縁組解消は、法にのっとり粛々と進んだ。すべての手続きが終わった後、幸江は江子に報告した。もう何も心配しなくていいよと。江子は、声をあげて泣き続けた。亮吉夫婦が自分たちの人生の後始末を幼い子供に押し付けると知りながら、守ってやれなかった。その罪を背負って後悔する日々からやっと解放された。養女となってから二十年を経て、次女の幸江は自由の身となり、再び江子のもとに戻ってくることが出来たのである。

幸江が三十四歳を迎えるこの年は、一月七日に昭和天皇崩御となり、年号を「平成」と改めることとなる。昭和天皇の病状がすぐれない報道があってから「自粛ムード」が続く中で、新年を迎えた年である。四月には、消費税がスタートした。世界に目をやると、中国では天安門事件があった。戦車を前に抗議の歩を進める青年の姿が世界中に伝えられた。米国では、サンフランシスコ地震があり、高速道路の橋が無残に折れ砕けた映像が飛び込んできた。また、東西の冷戦構造も大きな局面を迎えた。第二次世界大戦終了後、敗戦国ドイツのベルリン市は、冷戦構造のなかで東ベルリンと西ベルリンに分断されていた。その象徴であったベルリンの壁が崩壊した。丁度この時、ヨーロッパを旅していた江子と隆之は、乗り継ぎで立ち寄ったフランクフルト空港で、半日足止めとなっている。江子は帰国した直後に、あの女からの手紙を読むことになったのである。

幼馴染との再会

江子の兄が亡くなってから、生家は甥の努が跡を継いでいた。十七回忌で久しぶりに訪れ、供養に参加した。その席で読経を上げたのは、幼馴染の明夫であった。

「あれ、明夫さん？　京都のお寺にいるって聞いていたのに。こっちに戻ってきたの？」

旧制中学校を卒業した後、進学し、教師として数年間教壇にも立ったそうだ。だが、実家のお寺を継ぐために、京都で修業をして得度。今は、京都と茂原を行ったり来たりしながら、二つのお寺を切り盛りしているということだった。

翌年、小学校の同窓会の案内が江子のもとに届いた。今までこんなことは全くなかったのに、と江子は浮き立つ心を抑えて参加した。五十余年を経て同級生との再会である。

「まあ、お江ちゃん。今までどこにいたの？　初めてやってきたわね」

旧友たちと挨拶を交わす。ところが、その後の会話が続かない。茂原市内に住んでいたり、定期的に同窓会に顔を出しているもの同士、楽しそうに杯を交わし、おしゃべりをしている。江子もおしゃべりをしている女性の輪に加わった。

「さっきから言ってる『サンエレデーケー』って何？」

「やだ、お江ちゃん。『３ＬＤＫ』っていえば、キッチンと三部屋ある家に決まってるじゃない」

「小さな家だね」

「えっ？　十分な広さよ」

「私の家は、『10エレデーケー』かな？　あっ、あれっ？　ちゃんと数えると……」

江子は真面目に話しているのだが、愛想笑いをして旧友たちは引いていく。増改築を重ね、何十人という亮吉の来客を連日もてなすことが出来るようにした家が、江子の住まいである。しかし、旧友たちには、江子が頓珍漢なことを話しているとしか思えない。話し相手のいない江子に、明夫が声を掛けた。

「お江ちゃん、こっちおいでよ。お江ちゃんの話、聞きたいな」

江子は、高等小学校を卒業してからの半世紀にわたる月日を、明夫に語った。大変だったんだねと、相槌を打ちながら、明夫は話を聞き続けた。

さらに、その翌年のことである。甥は生家で行う年頭祈願に江子夫婦を呼んだ。そこで読経を執り行うのは、京都からやって来た明夫である。「お江ちゃんが来るなら、毎年お経をあげに茂原に来るよ」と、同窓会で約束してくれたのだった。夫の隆之が亡くなる前年まで、江子は隆之と共に生家の年頭祈願の席に出向いた。後に、病床に臥した時、隆之はこう言った。

「人生を分かり合える友達がいるから、安心して逝ける。明夫さんのお寺に連れて行ってあげられなかったことだけが、心残りだ」

初めてハワイへ一緒に旅行して以来、江子と隆之は度々旅行を楽しむようになった。養父母のもとで長い間窮屈な思いをして、辛かった日々を取り返すかのように、二人の時間を楽しんでいたのだが、京都の明夫がいる寺を訪問する機会がなかったことを、悔やんだのであった。

隆之が去った六年後の二〇一一年、東日本大震災の翌月に江子は倒れる。集金に来た新聞屋に発見され、救急搬送される。胃がん、大動脈狭窄症の手術を受けるが、右半身麻痺となり、車椅子の生活を余儀なくされる。一年九カ月の不自由な暮らしとなった。大病を何度も患った富美は、江子に会うためにリハビリを重ね、弟夫婦とやってきた。その二週間後、病室で娘たちと童謡『ふるさと』を声にならぬ声で口ずさみ、隆之のもとへ向かった。

あとがきにかえて

昭和一桁生まれの多くの女性から断片的なお話を伺う機会がありました。それぞれが時代の中で、自分の置かれたところで、人生から逃げずに生きる姿を、まとめてみたいという考えに至った次第です。気がつけば、時代は昭和から平成、令和と変わり、戦時中をくぐり抜け、激動の昭和史を生き抜いてきた人たちの多くは、すでに鬼籍に入っております。どのような時代だったのか、お話を伺いたいと思っても、詳細を語ってくれる人も周囲にいなくなり、確かめることも難しくなりました。

全く異なる人生を歩んだ二人の女性を結びつけることで、昭和初期から平成にかけて暮らした人たちが、変革する世の中でどのような社会の中で生きてきたのかを伝えることが出来れば、という思いで筆を執りました。今、こうしてこの時代に生きている私達は、何故ここにいるのか、その道のりを顧みることで、未来に向けての足掛かりを見つけ、前に進みゆく設計図を描くことが出来るのではないでしょうか。たおやかに、しなやかに、そして力強く真っすぐに歩み続けるために、失ってはいけないもの、忘れてはならないものがあるではないのでしょうか。

大災害が多発し、また、世界的規模で感染者を出すウイルスと共存していかなくてはならない時代です。十数年前には予想も出来なかったような情報化社会の恩恵にあずかれる一方、経済状況や教育環境の格差は著しいものとなっています。第二次世界大戦後の国際社会の枠組みも、今大きく変わりつつあります。不確実な世の中をどのように生きていくのか、私たち一人ひとりが問われる時代を生きています。

ぶれずに地に足をつけて暮らしていった名もなき人たちの姿に、敬意を抱きます。そして、今歩んでいる小さな一歩が、次代につながる人たちにとって良き道筋になるように、眼を凝らして道を踏み間違えないように生きる責任を、この時代に生を受けた者の一人として感じております。

二〇二〇(令和二)年

千葉紫寿

参考資料

『精選版日本国語大辞典』小学館
『広辞苑』岩波書店
『平凡社　世界大百科事典』平凡社
『日本大百科全書（ニッポニカ）』小学館
『ブリタニカ国際大百科事典』ブリタニカジャパン
『千葉県議会史』千葉日報社
「阪神大水害」https//ja.wikipedia.org
「日本の学生運動」https//ja.wikipedia.org
『家庭医学大事典新版』ホームメディカ
「一般社団法人日本糖尿病学会」www.jds.or.jp
「厚生労働省」https://www.mhlw.go.jp

千葉　紫寿（ちば　しじゅ）

1958年、千葉県生まれ。鶴見大学文学部卒業。

江と富美

2020年11月12日　初版第1刷発行

著　者　千葉紫寿
発行者　中田典昭
発行所　東京図書出版
発行発売　株式会社 リフレ出版
〒113-0021　東京都文京区本駒込 3-10-4
電話 (03)3823-9171　FAX 0120-41-8080
印　刷　株式会社 ブレイン

ISBN978-4-86641-354-9 C0093
Printed in Japan 2020